（唐）白居易 撰

宋本白氏文集

第四册

國家圖書館出版社

第四册目録

卷二一　格詩歌行雜體

卷二二 格詩雜體

卷二三　律詩

卷二四　律詩

卷二五　律詩

卷二六 律詩

白氏文集卷第二十一

後序

前三年元微之爲予編次文集而叙之凡五秩每秩十卷訖長慶二年冬號白氏長慶集邇來復有格詩律詩碑誌序記表賛以類相附合爲卷軸又從五十一以降卷而第之是時大和二年秋予春秋五十有七目昏頭白衰也久矣拙音狂句亦已多矣由玆而後宜其絶筆若餘習未盡時時一詠亦不自知也因附前集報微之故復序于卷首云爾

格詩謌行雜體 凡五十七首

郡齋旬假命宴呈座客示郡寮 自此後在蘇州作

公門日兩衙公假月三旬衙用決簿領旬以會親賓公多及私少勞逸常不均況爲劇郡長安得閑宴頻下車已三月開筵始今晨初點軍厨突一拂郡榻塵既備獻酬禮亦具水陸

珎萍醅箬溪醑水鱠松江鱗侑食樂懸動佐懽妓席陳風
派吴中客佳麗江南人歌節點隨袂舞香遺在茵清奏
凝未闋酡顏氣已春衆賓匆遽起郡寮且逡巡無輕一日醉
用犒九日勤微彼九日勤何以治吾民微此一日醉何以樂吾身

題西亭

朝亦視簿書暮亦視簿書簿書視未竟蟋蟀鳴座隅始
覺芳歲晚復嗟塵務拘西園景多暇可以少躊躇池鳥澹
容與橋柳高扶疎烟蔓嫋青薜水花披白蕖何人造茲亭
華敞綽有餘四簷軒鳥翅複屋羅蜘蛛直廊抵曲房窗櫳
深且虛修竹夾左右清風來徐徐此宜宴嘉賓鼓瑟吹笙竽
荒淫即不可廢曠將何如幸有酒與樂及時歡且娛忽其
解郡印他人來此居

郡中西園

閑園多芳草春夏香靡靡深樹足佳禽旦暮鳴不已院門
閑松竹庭徑穿蘭芷愛彼池上橋獨來聊徙倚魚依藻長
樂鷗見人暫起有時舟隨風盡日蓮照水誰知郡府內景
物閑如此始悟諠靜緣何嘗繫遠邇

北亭臥

樹綠晚陰合池涼朝氣清蓮開有佳色鶴唳無凡聲唯此
閑寂境愜我幽獨情病假十五日十日臥茲亭明朝吏呼起
還復視黎甿

一葉落

煩鬱者未退涼飈潛已起寒溫與盛衰遞相為表裏蕭
蕭秋林下一葉忽先委勿言微搖落搖落從此始

崔湖州贈紅石琴薦煥如錦文無以荅之以詩酬謝

頳錦支綠綺韻同相感深千年古澗石八月秋堂琴引出山

水思助成金玉音人間無可比比我與君心

九日宴集醉題郡樓兼呈周殷二判官

前年九日餘杭郡呼賓命宴虛白堂去年九日到東洛今年九日來吴鄉兩邊蓬鬢一時白三處菊花同色黃一日日知添老病一年年覺惜重陽江南九月未搖落柳青蒲緑稻穟香姑蘇臺榭倚蒼靄太湖山水含清光可憐假日好天色公門吏靜風景涼撈舟鞭馬取賓客掃樓拂席排壺觴胡琴錚摐指撥剌吴娃美麗眉眼長笙歌一曲思凝絶金鈿再拜光低昂日脚欲落備燈燭風頭漸高加酒漿觥盞灎翻菡萏葉舞鬟擺落莖萸房半酣憑檻起四顧七堰八門六十坊遠近高低寺間出東西南北橋相望水道脉分棹鱗次里閭棊布城冊方人烟樹色無隙罅十里一片青茫茫自問有何才與政高廳大館居中央銅魚今乃澤國節刺史是

古吳都王郊無我馬郡無事門有棨戟胥有章盛時儻來
合慙愧壯歲忽去還感傷從事醒歸應不可使君醉倒亦
何妨請君停杯聽我語此語眞實非虛狂五旬已過不爲夭
七十爲期蓋是常須知菊酒登高會從此多無二十場

同微之贈别郭虛舟鍊師 五十韻

我爲江司馬君爲荆判司俱當愁悴日始識虛舟師師年三
十餘白皙好容儀專心在鈆汞餘力工琴碁靜彈絃數聲閑
飲酒一巵因指塵土下蜉蝣良可悲不聞姑射上千歲冰雪肌
不見遼城外古今冢纍纍嗟我天地閒有術人莫知得可
逃死籍不唯走三尸授我參同契其辭妙且微六一閟扃鐍
子午守雄雌我讀隨日悟心中了無疑黄牙與紫車謂
其坐致之自負因自歎人生號男兒若不珮金印即合翳
玉芝高謝人間世深結山中期泥壇方合矩鑄鼎圓中規

鑪橐一以動瑞氣紅輝輝齋心獨歎拜中夜偷一窺二物
正訢合厥狀何怪奇綢繆夫婦體狎獵魚龍姿簡寂館鍾後
紫霄峯曉時心塵未淨絜火候遂參差萬壽觀刀圭千功
失毫釐先生彈指起姹女隨煙飛始知緣會閒陰騭不可
移藥竈龜今夕罷詔書明日追追我復追君次第承恩私官
雖小大殊同立白玉墀我直紫微闥手進賞罰詞君侍玉
皇座口含生殺機直躬易媒孽浮俗多瑕疵轉徙今安在
越嶠吳江湄一提支郡印一建連帥旗何言四百里不見如
天涯秋風且夕來白日西南馳雪霜各滿鬢朱紫徒爲衣師
從廬山洞訪舊來於斯尋君又覓我風馭紛逶迤帔裾曳黃
綃鬟髮垂青絲逢人但斂手問道亦頷頤孤雲難久留十
日告將歸款曲話平昔殷勤勉衰羸後會杳何許前心日
磷緇俗家無異物何以充別資素箋一百句題附元家詩朱

頂鶴一隻與師雲閒騎雲閒鶴背上故情若相思時時摘一句唱作步虛辭

霓裳羽衣歌　和微之

我昔元和侍憲皇曾陪內宴宴昭陽千歌百舞不可數就中最愛霓裳舞舞時寒食春風天玉鉤欄下香案前案前舞者顏如玉不著人家俗衣服虹裳霞帔步搖冠鈿瓔纍纍珮珊珊娉婷似不任羅綺顧聽樂懸行復止磬簫箏笛遞相攙擊擫彈吹聲邐迤（凡法曲之初衆樂不齊唯金石絲竹次第發聲霓裳序初亦復如此）散序六奏未動衣陽臺宿雲慵不飛（散序六遍無拍故不舞也）中序擘騞初入拍秋竹竿裂春冰拆（中序始有拍亦名拍序）飄然轉旋（去聲）迴雪輕嫣然縱送游龍驚小垂手後柳無力斜曳裾時雲欲生（四句皆霓裳舞之初態）烟蛾斂略不勝態風袖低昂如有情上元點鬟招萼綠王母揮袂別飛瓊（許飛瓊萼綠華皆女仙也）繁音急節十二遍跳珠撼玉何鏗錚（霓裳曲十二遍而終）翔鸞舞了

却收翅唳鶴曲終長引聲（凡曲將畢皆聲拍促速唯霓裳之末長引一聲也）當時乍見驚心目凝視諦聽殊未足一落人間八九年耳冷不曾聞此曲湓城但聽山魈語巴峽唯聞杜鵑哭（予自江州司馬轉忠州刺史）移領錢唐第二年始有心情問絲竹玲瓏箜篌謝好箏陳寵觱篥沈平笙清絃脆管纖纖手教得霓裳一曲成（自玲瓏已下皆杭之妓名）虛白亭前湖水畔前後祗應三度按便除庶子拋却來聞道如今各星散今年五月至蘇州朝鍾暮角催白頭貪看案牘常侵夜不聽笙歌直到秋秋來無事多閑悶忽憶霓裳無處問聞君部內多樂徒問有霓裳舞者無荅云七縣十万戶無人知有霓裳舞唯寄長歌與我來題作霓裳羽衣譜四幅花牋碧間紅霓裳實錄在其中千姿萬狀分明見恰與昭陽舞者同眼前髣髴覩形質昔日今朝想如一疑從魂夢呼召來似著丹青圖寫出我愛霓裳君合知發於歌詠形於詩君

不見我歌云驚破霓裳羽衣曲（長恨歌云）又不見我詩云曲愛霓裳未拍時（錢唐詩云）由來能事皆有主楊氏創聲君造譜（開元中西涼府節度楊敬述造）君言此舞難得人須是傾城可憐女吴妖小玉飛作煙（夫差女小玉死後形見於王其母抱之霏微若煙霧散空）越艷西施化爲土嬌花巧笑久寂寥娃館苧蘿空處所如君所言誠有是君試從容聽我語若求國色始翻傳但恐人間廢此舞妍蚩優劣寧相遠大都只在人擡舉李娟張態君莫嫌亦擬隨宜且教取（娟態蘇妓之名）

小童薛陽陶吹觱篥歌　和浙西李大夫作

翦削乾蘆插寒竹九孔漏聲五音足近來吹者誰得名關璀老死李衮生衮今又老誰其嗣薛氏樂童年十二指點之下師授聲含嚼之間天與氣潤州城高霜月明吟霜思月欲發聲山頭江底何悄悄猿鳥不喘魚龍聽翕然聲作疑管裂詘然聲盡疑刀截有時婉軟無筋骨有時頓挫生稜節急

聲圓轉促不斷轢轢轔轔似珠貫綴聲展引長有條有條
直直如筆描下聲乍墜石沉重高聲忽舉雲飄蕭明旦公堂
陳宴席主人命樂娛賓客碎絲細竹徒紛紛宮調一聲雄出
羣衆音覶縷不落道有如部伍隨將軍嗟爾陽陶方稚
齒下手發聲已如此若教頭白吹不休但恐聲名壓關李

啄木曲

莫買寶剪刀虛費千金直我有心中愁知君剪不得莫磨解
結錐虛勞人氣力我有腸中結知君解不得莫染紅絲線徒
誇好顏色我有雙淚珠知君穿不得莫近紅爐火炎氣徒相
逼我有兩鬢霜知君銷不得刀不能剪心愁錐不能解腸結
線不能穿淚珠火不能銷鬢雪不如飲此神聖杯萬念千憂
一時歇

題靈巖寺 寺即吴館娃宫鳴屐廊硯池採香徑遺跡在焉

娃宮屧廊尋已傾硯池香徑又欲平二三月時但草綠幾百年來空月明使君雖老頗多思攜觴領妓處處行今愁古恨入絲竹一曲涼州無限情直自當時到今日中間歌吹更無聲

雙石

蒼然兩片石厥狀怪且醜俗用無所堪時人嫌不取諭叶結從胚渾始得自洞庭口萬古遺水濱一朝入吾手擔舁來郡內洗刷去泥垢孔黑烟痕深罅青苔色厚老蛟蟠作足古劍插爲首忽疑天上落不似人間有一可支吾琴一可貯吾酒峭絕高數尺坳泓容一斗五絃倚其左一盃置其右窪樽酌未空玉山頹已久人皆有所好物各求其偶漸恐少年腸不容垂白叟迴頭問雙石能伴老夫否石雖不能言許我爲三友

宿東亭曉興

温温土爐火耿耿紗籠燭獨抱一張琴夜入東齋宿窓聲渡殘漏簾影浮初旭頭癢曉梳多眼昏春睡足負暄簷宇下散步池塘曲南鴈去未迴東風來何速雪依瓦溝白草遶牆根綠何言萬戶州太守常幽獨

日漸長贈周殷二判官

日漸長春尚早牆頭半露紅萼枝池岸新鋪綠牙草躡草攀枝仰頭歎何人知此春懷抱年顏盛壯名未成官職欲高身已老萬莖白髮直堪恨一片緋衫何足道賴得君來勸一杯愁開悶破心頭好

花前歎

前歲花前五十二今年花前五十五歲課年功頭髮知從霜成雪君看取（五年前在杭州有詩云五十二人頭似霜）幾人得老莫自嫌樊李吳韋盡成土（樊絳州宗師李諫議景儉吴饒州丹韋侍郎顗皆舊往還相次喪逝）南州桃李北州梅且喜

年年作地主花前置酒誰相勸容坐唱歌滿起舞（容滿皆妓名也）欲
散重拈花細看爭知明日無風雨

自詠五首

朝亦隨羣動暮亦隨羣動榮華瞬息間求得將何用形骸
與冠蓋假合相戲弄何異睡著人不知夢是夢

又

一家五十口一郡十萬戶出爲差科頭入爲衣食主水旱合心憂
飢寒須手撫何異食蓼蟲不知苦是苦

又

公私頗多事衰憊殊少歡迎送賓客懶鞭笞黎庶難老耳倦
聲樂病口厭杯盤既無可戀者何以不休官

又

一日復一日自問何留滯爲貪逐日俸擬作歸田計亦須隨

豐約可得無限劑若待足始休休官在何歲

又

官舍非我廬官園非我樹洛中有小宅渭上有別墅既無婚嫁累幸有歸休處歸去誠已遲猶勝不歸去

和微之聽妻彈別鶴操因為解釋其義依韻加四句

義重莫若妻生離不如死誓將死同穴其奈生無子商陵追禮教婦出不能止舅姑明旦辭夫妻中夜起起聞雙鶴別若與人相似聽其悲唳聲亦如不得已青田八九月遼城一萬里徘徊去住雲嗚咽東西水寫之在琴曲聽者酸心髓況當秋月彈先入憂人耳怨抑掩朱絃沉吟停玉指一聞無兒歎相念兩如此無兒雖薄命有妻偕老矣幸免生別離猶勝商陵氏

題故元少尹集後二首

黃壤詎知我白頭徒憶君唯將老年淚一灑故人文

遺文三十軸軸軸金玉聲龍門原上土埋骨不埋名

和微之四月一日作

四月一日天花稀葉陰薄泥新鷰影忙蜜熟蜂聲樂麥風低冉冉稻水平漠漠芳節或蹉跎遊心稍牢落春華信爲美夏景亦未惡颭浪嫩青荷熏欄晚紅藥吳宮好風月越郡多樓閣兩地誠可憐其奈久離索

吳中好風景 二首

吳中好風景八月如三月水荇葉仍香木蓮花未歇海天微雨散江郭纖埃滅暑退衣服乾潮生船舫活兩衙漸多暇亭午初無熱騎吏語使君正是遊時節

二

吳中好風景風景無朝暮曉色萬家烟秋聲八月樹舟移管絃動橋擁旌旗駐改號齊雲樓重開武丘路況當豐熟歲好

是歡遊處州民勸使君且莫拋官去

白太守行　劉禹錫

聞有白太守拋官歸舊谿蘇州十萬戶盡作嬰兒啼太守駐行舟閶門草萋萋揮袂謝啼者依然兩眉低朱戶非不崇我心如重狴華池非不清意在寥廓棲夸者竊所怪賢者默思齊我爲太守行題在隱起珪

答

吏滿六百石昔賢輙去之秩登二千石今我方罷歸我秩訝已多我歸慙已遲猶勝塵土下終老無休期卧乞百日告起吟五篇詩（謂將罷官自詠五首）朝與府吏別暮與州民辭去年到郡時麥穗黄離離今年去郡日稻花白霏霏爲郡已周歲半歲罹旱飢襦袴無一片甘棠無一枝何乃老與幼泣别盡霑衣下慙蘇人淚上愧劉君辭

别蘇州

浩浩姑蘇民鬱鬱長洲城來慙荷寵命去愧無能名青紫行將吏班白列黎甿一時臨水拜十里隨舟行餞筵猶未收征棹不可停稍隔烟樹色尚聞絲竹聲悵望武丘路沉吟滸水亭還鄉信有興去郡能無情

卯時酒

佛法讃醍醐仙方誇沆瀣未如卯時酒神速功力倍一杯置掌上三嚥入腹内煦若春貫腸暄如日炙背豈獨支體暢仍加志氣大當時遺形骸竟日忘冠帶似遊華胥國疑反混元代一性既完全萬機皆破碎半醒思往來往來吁可恠寵辱憂喜間惶惶二十載前年辭紫闥今歲抛皂蓋去矣魚反泉超然蟬離蜕是非莫分别行止無疑礙浩氣貯胷中青雲委身外捫心私自語自語誰能會五十年來心未如今

日泰況茲盃中物行坐長相對

自問行何遲

前月發京口今辰次淮涯二旬四百里自問行何遲還鄉無他計罷郡有餘資進不慕富貴退未憂寒飢以此易過日騰騰何所爲逢山輒倚棹遇寺多題詩酒醒夜深後睡足日高時眼底一無事心中百不知想到京國日懶放亦如斯何必冒風水促促趂程歸

除日荅夢得同發楚州

共作千里伴俱爲一郡迴歲陰中路盡鄉思先春來山雪晚猶在淮冰晴欲開歸歟吟可作休戀主人杯

問楊瓊

古人唱歌兼唱情今人唱歌唯唱聲欲說向君君不會試將此語問楊瓊

有感 三首

鬚鬢毛巳班白衣緌方朱紫窮賤當壯年富榮臨暮齒車輿紅塵合第宅青煙起彼來此須去品物之常理第宅非吾廬逆旅暫留止子孫非我有委蛻而已矣有如蠶造繭又似花生子子結花暗凋繭成蠶老死悲哉可奈何舉世皆如此

又

莫養瘦馬駒莫敎小妓女後事在目前不信君看取馬肥快行走妓長能歌舞三年五歲閒巳聞換一主借問新舊主誰樂誰辛苦請君大帶上把筆書此語

又

往事勿追思追思多悲愴來事勿相迎相迎亦惆悵不如兀然坐不如塌然卧食來即開口睡來即合眼二事最關身安寢加餐飯忘懷任行止委命隨脩短更若有興來狂歌酒一盞

宿滎陽

生長在滎陽少小辭鄉曲迢迢四十載復到滎陽宿去時十一二今年五十六追思兒戲時宛然猶在目舊居失處所故里無宗族豈唯變市朝兼亦遷陵谷獨有溱洧水無情依舊淥

經溱洧

落日駐行騎沉吟懷古情鄭風變已盡溱洧至今清不見士與女亦無芍藥名

就花枝

就花枝移酒海今朝不醉明朝悔且算歡娛逐日來任他容鬢隨年改醉翻衫袖拋小令笑擲骰盤呼大采自量氣力與心情三五年間猶得在

喜雨

圃旱憂葵菫農旱憂禾菽人各有所私我旱憂松竹松乾竹

燋涗眷眷在心目灑菉漑其六根汲水勞僮僕油雲忽東起涼雨淒相續似面洗垢塵如頭得膏沐千柯習習潤萬葉欣欣綠十日澆灌功不如一霢霂方知宰生靈何異活草木所以聖與賢同心調玉燭

題道宗上人十韻 幷序

普濟寺律大德宗上人法堂中有故相國鄭司徒歸尚書陸刑部元少尹及今吏部鄭相中書韋相錢左丞詩覽其題皆與上人唱詶閱其人皆朝賢省其文皆義語予始知上人之文爲義作爲法作爲方便智作爲解脫性作不爲詩而作也知上人者云爾恐不知上人者謂爲護國法振靈一皎然之徒與故予題二十句以解之

如來說偈讚菩薩著論議是故宗律師以詩爲佛事一音無差別四句有詮次欲使第一流皆知不二義精潔霑戒體閑澹

藏禪味從容恣語言縹緲離文字旁延邦國彥上達王公貴先以詩句牽後令入佛智人多愛師句我獨知師意不似休上人空多碧雲思

寄皇甫賓客

名利既兩忘形體方自遂臥掩羅雀門無人驚我睡睡足斗擻衣閑步中庭地食飽摩挲腹心頭無一事除却玄晏翁何人知此味

寄庾侍郎

一雙華亭鶴數片太湖石巉巉蒼玉峯矯矯青雲翮是時歲云暮淡薄烟景夕庭霜封石稜池雪印鶴跡幽致竟誰別閑靜聊自適懷哉庾順之好是今宵客

寄崔少監

微微西風生稍稍東方明入秋神骨爽琴曉絲桐清彈爲古

宫調玉水寒泠泠自覺絃指下不是尋常聲須臾群動息掩
琴坐空庭直至日出後猶得心和平惜哉意未已不使崔君聽

醉題沈子明壁

不愛君池東十叢菊不愛君池南萬竿竹愛君簾下唱歌人
色似芙蓉聲似玉我有陽關君未聞若聞亦應愁煞君

勸酒

勸君一盃君莫辭勸君兩盃君莫疑勸君三盃君始知面
上今日老昨日心中醉時勝醒時天地迢迢自長久白兎赤
烏相趂走身後堆金柱北斗不如生前一樽酒君不見春明
門外天欲明喧喧歌哭半死生遊人駐馬出不得白轝紫車
爭路行歸去來頭巳白典錢將用買酒喫

落花

留春春不住春歸人寂寞猒風風不定風起花蕭索旣興風

前歎重命花下酌勸君嘗綠醅教人拾紅萼桃飄火燄燄梨隨雪漠漠獨有病眼花春風吹不落

對鏡吟

白頭老人照鏡時掩鏡沉吟吟舊詩二十年前一莖白如今變作滿頭絲（余二十年前嘗有詩云白髮生一莖朝來明鏡裏勿言一莖少滿頭從此始今則滿頭矣）吟罷迴頭索盃酒醉來屈指數親知老於我者多窮賤設使身存寒且飢少於我者半為土墓樹已抽三五枝我今幸得見頭白祿俸不薄官不卑眼前有酒心無苦只合歡娛不合悲

耳順吟寄敦詩夢得

三十四十五慾牽七十八十百病纏五十六十却不惡恬淡清淨心安然已過愛貪聲利後猶在病羸昏耄前未無筋力尋山水尚有心情聽管絃閑開新酒嘗數盞醉憶舊詩吟一篇敦詩夢得且相勸不用嫌他耳順年

別氈帳火爐

憶昨臘月天北風三尺雪年老不禁寒夜長安可徹賴有青氈帳風前自張設復此紅火爐雪中相暖熱如魚入淵水似兎藏深穴婉軟蟄鱗蘇溫燉凍肌活方安陰慘夕遽變陽和節無奈時候遷豈是恩情絕氈簾逐日卷香燎隨灰滅離恨屬三春佳期在十月但令此身健不作多時別

六年春贈分司東都諸公 時爲河南尹

我爲同州牧內愧無才術忝擢恩已多遭逢幸非一偶當穀賤歲適值民安日郡縣獄空虛鄉閭盜奔逸其間寂幸者朝客多分秩行接鵷鷺羣坐成芝蘭室時聯拜表騎閒動題詩筆夜雪秉燭遊春風攜榼出花教鶯點撿柳付風排比法酒澹清漿含桃嫋紅實洛童調聲去金管盧女鏗瑤瑟黛慘歌思深腰凝舞拍密每因同醉樂自覺忘衰疾始悟肘後方不如杯中

物生涯隨日過世事何時畢老子苦乖慵希君數牽率

九日代羅樊二妓招舒著作 齊梁格

羅敷斂雙袂樊姬獻一杯不見舒員外秋菊爲誰開

憶舊遊 寄劉蘇州

憶舊遊憶舊遊（安在哉舊遊之人半白首）舊遊之地多蒼苔江南舊遊凡幾處就中最憶吴江隈長洲苑綠柳萬樹齊雲樓春酒一盃閶門曉嚴旗鼓出臯橋夕鬧船舫迴脩娥慢臉燈下醉急管繁絃頭上催六七年前狂爛熳三千里外思徘徊李娟張態一春夢周五殷三歸夜臺虎丘月色爲誰好娃宫花枝應自開賴得劉郎解吟詠江山氣色合歸來（娟態蘇州妓名 周殷蘇州從事）

荅崔賓客晦叔十二月四日見寄（來篇云共相呼喚醉歸來）

今歲日餘二十六來歲年登六十二尚不能憂眼下身因何更算人間事居士忘筌默默坐先生枕麴昏昏睡早晚相從歸醉

鄉醉鄉去此無多地

勸我酒

勸我酒我不辭請君歌歌莫遲歌聲長辭亦切此辭聽者堪愁絶洛陽女兒面似花河南大尹頭如雪

贈韋處士六年夏大熱旱

驕陽連毒暑動植皆枯槁旱日乾密雲炎烟焦茂草少壯猶困苦況予病且耄旣無白栴檀何以除熱惱華嚴經云以白栴檀塗身能除一切熱惱而得清涼也汗巾束頭鬢羶食熏襟抱始覺韋山人休糧散髮好

白氏文集卷第二十一

白氏文集卷第二十二

格詩雜體　凡六十首

和微之詩二十三首　并序

微之又以近作四十三首寄來命僕繼和其間瘀絮慮勅四百字車斜二十篇者流皆韻劇辭殫瓌奇怪譎又題云奉煩只此一度乞不見辭意欲定霸取威置僕於窮地耳大凡依次用韻韻同而意殊約體爲文文成而理勝此足下素所長者僕何有焉今足下果用所長過蒙見窘然敵則氣作急則計生四十二章麾掃並畢不知大敵以爲如何夫劚石破山先觀鑱跡發矢中的兼聽絃聲以足下來章惟求相困故老僕報語不覺大誇況曩者唱𨭇近來因繼巳十六卷凡千餘首矣其爲敵也當今不見其爲多也從古未聞所謂天下英雄唯使君與操耳戲及此者亦欲三千里外一破愁顏勿示他人以取笑誚

樂天白

和晨霞 此後在上都作

君歌仙氏眞我歌慈氏眞慈氏發眞念念此閻浮人左命大

迦葉右召濬聖御名提因千萬化菩薩百億諸鬼神上自非想頂下及
風水輪胎卵濕化類蠢蠢難具陳弘願在救拔大悲忘辛勤
無論善不善豈間寃與親抉開生盲眼擺去煩惱塵燭以智
慧日灑之甘露津千界一時度萬法無與鄰借問晨霞子何
如朝玉宸

和送劉道士遊天台

聞君夢遊仙輕舉超世雰握持尊皇節統衛吏兵軍靈旂星
月象天衣龍鳳紋佩服交帶籙諷吟蘂珠文閬宮縹緲間鈞
樂依俙聞齋心謁西母瞑拜朝東君烟霏子晉裾霞爛麻
姑裙倏忽別真侶悵望隨歸雲人生同大夢夢與覺誰分
況此夢中夢悠哉何足云假如金闕頂設使銀河濆既未出
三界猶應在五蘊飲嚥日月精茹嚼沆瀣芬尚是色香味六
塵之所熏仙中有大仙首出夢幻羣慈光一照燭奧法相烟熅

不知萬齡暮不見三光曛一性自了了萬緣徒紛紛苦海不能
漂刼火不能焚此是竺乾教先生垂典墳

和櫛沐寄道友

櫛沐事朝謁中門初動關戚服去尚早假寐須臾聞鍾聲
發東寺夜色藏南山停驂待五漏人馬同時開高星粲金粟
落月沉玉環出門向闕路坦坦無阻艱始出里北閈稍轉市西
闤晨燭照朝服紫爛復朱殷由來朝庭士一入多不還因循櫛
白日積漸凋朱顔青雲已難致碧落安能攀但且知止足尚
可銷憂患

和祝蒼華 蒼華髮神名

日居復月諸環迴照下土使我玄雲髮化爲素絲縷稟質本
羸劣養生仍莽鹵痛飲困連宵悲吟飢過午遂令頭上髮種種
無尺五根稀比黍苗梢細同斂服豈是乏膏沐非關櫛風雨

寂爲悲傷多心燋衰落苦餘者能有幾落者不可數禿似鶬
塡河墮如烏解羽蒼華何用祝苦辭亦休吐匹如剃頭僧豈要
巾冠主

和我年三首

我年五十七榮名得幾許甲乙三道科蘇杭兩州主才能本淺
薄心力虛勞苦可能隨衆人終老於塵土

又

我年五十七歸去誠已遲歷官十五政數若珠纍纍野苹始
賓薦場苗初縶維因讀管蕭書竊慕大有爲及遭榮遇來
乃覺才力羸黄紙詔頻草朱輪車載脂妻孥及僕使皆免
寒與飢省躬私自愧知我者微之永懷山陰守未遂嵩陽期
如何坐留滯頭白江之湄

又

我年五十七榮名得非少報國有何如謀身猶未了昔嘗速官謗恩大而懲小一點鶴辭軒七年魚在沼將枯鱗再躍經鎩翮重矯白日上昭昭青雲高渺渺平生頗同病老大宜相曉紫綬足可榮白頭不爲夭夙懷慕箕潁晚節期松篠何當闕下來同拜陳情表

和三月三十日四十韻

送春君何在君在山陰署憶我蘇杭時春遊亦多恣爲君歌往事豈取辭勞慮莫怪言語狂須知酬荅遽江南臘月半冰凍凝如瘀寒景尚蒼茫和風已吹噓女牆城似竈鴈齒橋如鋸魚尾上奫淪草芽生沮洳律遅太蔟管日緩羲和馭布澤木龍催迎春土牛助雨師習習灑雲將飄飄翥四野萬里晴于山一時曙杭土麗且康蘇民富而庶善惡有懲勸剛柔無吐茹兩衙少辭牒四境稀書跡俗以勞倈安政因閑暇著仙

亭日登眺虎丘時遊預（望仙亭在杭 虎丘寺在蘇）尋幽駐旌軒選勝迴賓御舟移溪鳥避樂作林猨覷池古莫耶沉石奇羅剎踞（劍池在蘇 羅剎石在杭州）水苗泥易耨畬粟灰難鋤紫蕨抽出畦白蓮埋在淤萎花紅蔕黯濕葉黃含菸（楚辭云葉菸邑而就黃）鏡動波颭菱雪迴風旋絮手經攀桂馥齒爲嘗梅楚坐併船脚歌行多馬蹄跙聖賢淸濁醉水陸鮮肥飫魚鱠芥醬調水葵鹽豉絮（勑慮反）雖微五袴詠幸免兆人詛但令樂不荒何必遊無倨吳苑僕尋罷越城公尚據舊遊幾客存新宴誰人與（去）莫空文舉酒強下何曾筯江上易優游城中多毀譽分應當自盡事勿求人恕我既無子孫君仍畢婚娶久爲雲雨別終擬江湖去范蠡有扁舟陶潛有籃轝兩心苦相憶兩口遙相語寅恨七年春春來各一處

和寄樂天

賢愚類相交人情之大率然自古今來幾人號膠漆近聞屈

指數元某與白乙旁愛及弟兄中懽避家室松筠與金石未足踰堅密在車如輪轅在身如肘腋又如風雲會天使相召匹不似勢利交有名而無實頭我在杭歲值君之越日望愁來儀遲宴惜流景疾坐耀黃金帶酌醽醁玉質酣歌口不停狂舞衣相拂平生賞心事施展十未一會笑始啞啞離嗟乃唧唧餞筵纔收拾征棹遽排比後恨苦緜緜前歡何卒卒居人色慘澹行子心紆鬱風袂去時揮雲帆望中失宿酲和别思目眩心忽忽病魂黯然銷老淚淒其出别君只如昨芳歲換六七俱是官家身後期難自必（籍田賦云難望歲而自必）

和寄問劉白（時夢得與樂天方舟西上）

正與劉夢得醉笑大開口適值此詩來歡喜君知否遂令高卷幕兼遣重添酒起望會稽雲東南一迴首愛君金玉句舉世誰人有切用隨日新資材本天授吟哦不能散白午

將及酉途留夢得眠匡牀宿東牖

和新樓北園偶集從孫公度周巡官韓秀才盧秀才范處士小飲鄭侍御判官周劉二從事皆先歸

聞君新樓宴下對北園花主人既賢豪賓客皆才華初筵日未高中飲景已斜天地爲幕席富貴如泥沙嵇劉陶阮徒不足置齒牙卧甕鄙畢卓落帽嗤孟嘉芳草供枕藉亂鶯助諠譁醉鄉得道路狂海無津涯一歲春又盡百年期不賒同醉君勿辭獨醒古所嗟銷愁若沃雪破悶如剖瓜稱觴起爲壽此樂無以加歌聲凝貫珠舞袖飄亂麻相公謂四座今日非自誇有奴善吹笙有婢彈琵琶十指纖若筍雙鬟鬌如鴉履舃起交雜杯盤散紛拏歸去勿擁遏倒載逃難遮明日宴東武後日遊若耶豈獨相公樂謳謌千萬家

和除夜作

君賦此詩夜窮陰歲之餘我和此詩日微和春之初老知顏狀改
病覺支體虛頭上毛髮短口中牙齒疎一落老病界難逃生
死墟況此促促世與君多索居君在浙江東榮駕方伯輿我在
魏闕下謬乘大夫車妻孥常各飽奴婢亦盈廬唯是利人事
比君全不如我統十郎官君領百吏胥我掌四曹局君管十鄉
閭君爲父母君大惠在資儲我爲刀筆吏小惡乃誅鋤君提七
郡籍我按三尺書俱已佩金印嘗同趨玉除外寵信非薄中
懷何不攄恩光未報荅日月空居諸磊落嘗許君跼促應笑
予所以自知分欲先歌歸歟

和知非

因君知非問詮較天下事第一莫若禪第二無如醉禪能泯人
我醉可忘榮悴與君次第言爲我少留意儒教重禮法道家
養神氣重禮足滋彰養神多避忌不如學禪定中有甚深味

曠廓了如空澄凝勝於睡并除默默念銷盡悠悠患春無傷春心秋無感秋波坐成眞諦樂如受空王賜既得脫塵勞兼應辭勲愧除禪其次醉此說非無謂一酌機即忘三杯性咸遂逐臣去室婦降虜勇敗軍帥患苦膏火煎憂深扃鐍秘須憑百杯沃莫惜千金費便似罾中魚脫飛生兩翅勸君雖老大逢酒莫迴避不然即學禪兩途同一致

和望曉

休吟稽山晚聽詠秦城旦鳴雞初有聲宿鳥猶未散丁丁漏向盡鼕鼕鼓過半南山青沉沉東方白漫漫街心若流水城角如斷岸星河稍隅落宮闕方輪煥朝車雷四合騎火星一貫赫奕冠蓋盛熒煌朱紫爛沙堤亘蓦池子城東北低下下雾舊号蝦蟇池市路遶龍斷白日忽照耀紅塵紛散亂貴教過客避榮任行人看祥烟滿虛空春色無邊畔鵷行候晷刻龍尾登霄漢臺殿

暖宜攀風光晴可翫草鋪地茵褥雲卷天幃幔鸎雜佩鏘鏘
花饒衣粲粲何言終日樂獨起臨風歎歎我同心人一別春七
換相望山陽礙欲去官羈絆何日到江東超然似張翰

和李勢女

減一分太短增一分太長不朱面若花不粉肌如霜色爲天下
豔心乃女中郎自言重不幸家破身未亡人各有一死此死職所
當忍將先人體與主爲疣瘡妾死主意快從此兩無妨願信赤
心語速即白刃光南郡忽感激却立捨鋒鋩撫背稱阿姊歸
我如歸鄉竟以恩信待豈止猜妬忘由來机上肉不足揮干將
南郡死已久骨枯墓蒼蒼願於墓上頭立石鐫此章勸誡天
下婦不令陰勝陽

和酬鄭侍御東陽春悶放懷追越遊見寄

君得嘉魚置賓席樂如南有嘉魚時勁氣森爽竹竿竦妍文

煥爛芙蓉披載筆在幕名已重補袞於朝官尚卑一緘踪入擁谷永三都賦成排左思自言拜辭主人後離心蕩颺風前旗東南門館別經歲春眼悵望秋心悲巳士叙嘉魚昨日嘉魚來訪我方駕同出何所之樂遊原頭春尚早百舌新語聲椑椑日趂花忙向南坼風催柳急從東吹流年惝怳不饒我美景鮮妍來為誰紅塵三條界阡陌碧草千里鋪郊畿餘霞斷時綺幅裂斜雲展處羅文紕暮鐘遠近聲互動暝鳥高下飛追隨酒酣將歸未能去悵然廻望天四垂生何足養嵇著論途何足泣楊漣而胡不花下伴春醉滿酌綠酒聽黃鸝嘉魚點頭時一歎聽我此言不知疲語終興盡各分散東西軒騎紛逶迤此詩勿遣閑人見見恐與他為笑資白首舊寮知我者憑君一詠向周師周判官範蘇杭舊判官去範字叶韻

和自勸 二首

稀稀踈踈遶籬竹窄窄狹狹向陽屋屋中有一曝背翁委
置形骸如土木日暮半爐麩炭火夜深一盞紗籠燭不知有益
及民無二十年來食官禄就暖移盤簷下食防寒擁被帷中
宿秋官月俸八九萬豈徒遣爾身温足勤操丹筆念黃沙
莫使飢寒囚滯獄

急景凋年急於水念此攬衣中夜起門無宿客共誰言煖酒
挑燈對妻子身飲數杯妻一盞餘酌分張與兒女微酣靜坐未
能眠風霰蕭蕭打窗紙自問有何才與術入爲丞郎出刺史
爭知壽命短復長豈得營營心不止請看韋孔與錢崔半月
之間四人死（韋中書孔京兆錢尚書崔華州十五日間相次而逝）

和雨中花

眞宰倒持生殺柄閑物命長人短命松枝上鶴著下龜千年不
死仍無病人生不得似龜鶴少去老來同且瞑何異花開且瞑

開未落仍遭風雨摧草得經年菜連月唯花不與多時節一
年三百六十日花能幾日供攀折桃李無言難自訴黃鸎解
語憑君說鸎雖爲說不分明葉底枝頭謾饒舌

和晨興因報問龜兒

冬且寒條澹雲日無晶輝當此歲暮感見君晨興詩君詩亦
多苦苦在兒遠離我苦不在遠纏緜肝與脾西院病孀婦後
牀孤姪兒黃昏一慟後夜半一起時病眼兩行血悲鬢萬莖絲
咽絕五藏脉消淪百骸胎雙目失一目四肢斷兩肢不如溘然
盡安用半活爲誰謂荼蘖苦荼蘖甘如飴誰謂湯火熱湯
火冷如澌前時君寄詩憂念問阿龜喉燥聲氣窒經年無報
辭及覩晨興句未吟先涕垂因兹漣漣際一吐心中悲茫茫四
海間此苦唯君知去我四千里使我告訴誰仰頭向青天但見鴈
南飛憑鴈寄一語爲我達微之弦絕有續膠樹斬可接枝唯我

中腸斷應無連得期

和朝迴與王鍊師遊南山下

藹藹春景餘峩峩夏雲初躞蹀退朝騎飄飄隨風裾晨從四丞相入拜白玉除暮與一道士出尋青谿居吏隱本齊致朝野孰云殊道在有中適機忘無外虞但愧煙霄上鸞鳳爲吾徒又慙雲水間鷗鶴不我疎坐傾數杯酒卧枕一卷書興酣頭兀兀睡覺心于于以此送日月問師爲何如

和嘗新酒

空腹嘗新酒偶成卯時醉醉來擁褐裘直至齋時睡靜酣不語笑真寢無夢寐殆欲忘形骸詎知屬天地醒餘和未散起坐澹無事舉臂一欠伸引琴彈秋思

和順之琴者

陰陰花院月耿耿蘭房燭中有弄琴人聲貌俱如玉清泠石泉

引澹泞風松曲遂使君子心不愛凡絲竹

感舊寫眞

李放寫我眞寫來二十載莫問眞何如畫亦銷光彩朱顏與玄鬢日夜改復改無嗟負遽非且喜身猶在

授太子賓客歸洛 自此後東都作

南省去拂衣東都來掩扉病將老齊至心與身同歸白首外緣少紅塵前事非懷哉紫芝叟千載心相依

秋池 二首

身閑無所爲心閑無所思況當故園夜復此新秋池岸闇鳥棲後橋明月出時菱風香散漫桂露光參差靜境多獨得幽懷竟誰知悠然心中語自問來何遲

又

朝衣薄且健晚簟清仍滑社近鷰影稀雨餘蟬聲歇閑中得

詩境此境幽難説露荷珠自傾風竹玉相戛誰能一同宿共翫
新秋月暑退早涼歸池邊好時節

中隱

大隱住朝市小隱入丘樊丘樊太冷落朝市太囂諠不如作中隱隱在留司官似出復似處非忙亦非閑不勞心與力又免飢與寒終歲無公事隨月有俸錢君若好登臨城南有秋山君若愛遊蕩城東有春園君若欲一醉時出赴賓筵洛中多君子可以恣歡言君若欲高臥但自深掩關亦無車馬客造次到門前人生處一世其道難兩全賤即苦凍餒貴則多憂患唯此中隱士致身吉且安窮通與豐約正在四者間

問秋光

殷卿領北鎮崔尹開南幕外事信爲榮中懷未必樂何如不才者兀兀無所作不引窻下琴即舉池上酌淡交唯對水老

伴無如鶴自適頗從容旁觀誠濩落身心轉恬泰烟景弥淡
泊迴首語秋光東來應不錯

引泉

一爲止足限二爲衰疾牽邴罷不因事陶歸非待年歸來
嵩洛下閉戶何脩然靜掃林下地閑疏池畔泉伊流狹似帶
洛石大如拳誰教明月下爲我聲濺濺竟夕舟中坐有時橋
上眠何用施屏障水竹繞牀前

知足吟 和崔十八未貧作

不種一壠田倉中有餘粟不採一枝桑箱中有餘服官閑離憂
責身泰無羈束中人百戶稅賓客一年祿樽中不乏酒籬下
仍多菊是物皆有餘非心無所欲吟君未貧作因歌知足曲
自問此時心不足何時足

酬集賢劉郎中對月見寄兼懷元浙東

月在洛陽天天高淨如水下有白頭人擥衣中夜起思遠鏡亭
上光深書殿裏眇然三處心相去各千里

太湖石

遠望老嵯峩近觀怪嶔崟纔高八九尺勢若千萬尋嵌空
華陽洞重疊匡山岑邈矣仙掌逈呀然劍門深形質冠今古
氣色通晴陰未秋已瑟瑟欲雨先沉沉天姿信爲異時用非所
任磨刀不如礪擣帛不如砧何乃主人意重之如萬金豈伊造
物者獨能知我心

偶作 二首

擾擾貪生人幾何不夭閼遑遑愛名人幾何能貴達伊余信
多幸拖紫垂白髮身爲三品官年已五十八筋骸雖早衰
尚未苦羸惙資產雖不豐亦不甚貧竭登山力猶在遇酒興
時發無事日月長不羈天地闊安身有處所適意無時節

解帶松下風抱琴池上月人間所重者相印將軍鉞謀慮繫安危威權主生殺燋心一身苦炙手旁人熱未必方寸間得如吾快活

又

日出起盥櫛振衣入道場寂然無他念但對一爐香日高始就食食亦非膏粱精粗隨所有亦足飽充腸日午脱巾簪燕息窻下牀清風颯然至卧可致羲皇日西引杖屨散步遊林塘或飲茶一盞或吟詩一章日入多不食有時唯命觴何以送閑夜一曲秋霓裳一日分五時作息率有常自喜老後健不嫌閑中忙是非一以貫身世交相忘若問此何許此是無何鄉

葺池上舊亭

池月夜凄涼池風曉蕭颯欲入池上冬先葺池中閣向暖窻戶開迎寒簾幕合苔封舊瓦木水照新朱蠟軟火深土爐香醪

小瓷榼中有獨宿翁一燈對一榻

崔十八新池

愛君新小池池色無人知見底月明夜無波風定時忽看不似水一泊稀琉璃

翫止水

動者樂流水靜者樂止水利物不如流鑒形不如止淒清早霜降漸瀝微風起中面紅葉開四隅綠萍委廣狹八九丈灣環有涯涘淺深三四尺洞徹無表裏淨分鶴翹足澄見魚掉尾迎眸洗眼塵隔胷蕩心滓定將禪不別明與誠相似清能律貪夫淡可交君子豈唯空狎翫亦取相倫擬欲識靜者心源只如此

聞崔十八宿予新昌弊宅時予亦宿崔家依仁新亭一宵偶同兩興暗合因而成詠聊以寫懷

陋巷掩弊廬高居敞華屋新昌七株松依仁萬莖竹松前月臺白竹下風池綠君向我齋眠我在君亭宿平生有微尚彼此多幽獨何必本主人兩心聊自足

日長

日長晝加餐夜短朝餘睡春來寢食間雖老猶有味林塘得芳景園曲生幽致愛水多棹舟惜花不掃地幸無眼下病且向樽前醉身外何足言人間本無事

三月三十日作

今朝三月盡寂寞春事畢黃鳥漸無聲朱櫻新結實臨風獨長歎此歎意非一半百過九年豔陽殘一日隨年減歡笑逐日添衰疾且遣花下歌送此杯中物

慵不能

架上非無書眼慵不能看匣中亦有琴手慵不能彈腰慵

不能帶頭幘不能冠午後恣情寢午時隨事飧一飧終日飽一寢至夜安飢寒亦閑事况乃不飢寒

晨興

宿鳥動前林晨光上東屋銅爐添早香紗籠滅殘燭頭醒風稍愈眼飽睡初足起坐兀無思叩齒三十六何以解宿齋一杯雲母粥

朝課

平甃白石渠靜掃青苔院池上好風來新荷大如扇小亭中何有素琴對黃卷蘂珠諷數篇秋思彈一遍從容朝課畢方與客相見

天竺寺七葉堂避暑

鬱鬱復鬱鬱伏熱何時畢行入七葉堂煩暑隨步失簷雨稍霏微窗風正蕭瑟清宵一覺睡可以銷百疾

香山寺石樓潭夜浴

炎光晝方熾暑氣宵弥毒搖扇風甚微褰裳汗霢霂起向月中行來就潭上浴平石爲浴牀洼石爲浴斛綃巾薄露頂草屐輕乗足清涼詠而歸歸上石樓宿

嗟髮落

朝亦嗟髮落暮亦嗟髮落落盡誠可嗟盡來亦不惡既不勞洗沐又不煩梳掠最宜濕暑天頭輕無鬢縛脫置垢巾幘解去塵纓絡銀瓶貯寒泉當頂傾一勺有如醍醐灌坐受清涼樂因悟自在僧亦資於剃削

安穩眠

家雖日漸貧猶未苦飢凍身雖日漸老幸無急病痛眼逢闇處合心向閑時用既得安穩眠亦無顛倒夢

池上夜境

晴空星月落池塘澄鮮淨緑表裏光露簟清瑩迎夜滑風襟蕭灑先秋涼無人驚處野禽下新睡覺時幽草香但問塵埃能去否濯纓何必向滄浪

書紳

仕有職役勞農有畎畝勤優哉分司叟心力無苦辛歲晚頭又白自問何欣欣新酒始開瓮舊穀猶滿囷吾嘗靜自思往往夜達晨何以送吾老何以安吾貧歲計莫如穀飽則不干人日計莫如醉醉則兼忘身誠知有道理未敢勸交親恐為人所哂聊自書諸紳

秋遊平泉贈韋處士閑禪師

秋景引閑步山遊不知疲杖藜捨輿馬十里與僧期昔嘗憂六十四體不支持今來已及此猶未苦衰羸予往年有詩云二十氣太壯胸中多是非六十年太老四體不支持今故云心與遇境發身力因行知尋雲到起處愛泉聽

謫時南村韋處士西寺閑禪師山頭與澗底聞健且相隨

遊坊口懸泉偶題石上 時爲河南尹

濟源山水好老尹知之久常日聽人言今秋入吾手孔山刀劍立沁水龍蛇走危磴上懸泉澄灣轉坊口虛明見深底淨綠無纖垢仙棹浪悠揚塵纓風斗藪巖寒松柏短石古莓苔厚錦座纓高低翠屏張左右雖無安石妓不乏文舉酒談笑逐身來管絃隨事有時逢杖錫客或值垂綸叟相與澹忘歸自辰將及酉公門欲返駕溪路猶迴首早晚重來遊心期罷官後

對火翫雪

平生所心愛愛火兼憐雪火是臘天春雪爲陰夜月鵝毛紛正墮獸炭敲初折盈尺白鹽寒滿爐紅玉熱稍宜杯酌動漸引笙歌發但識歡來由不知醉時節銀盤堆柳絮羅袖摶瓊

肩共愁明日銷便作經年别

六年寒食洛下宴遊贈馮李二少尹

豐年寒食節美景洛陽城三尹皆强健七日盡晴明東郊蹋青草南園攀紫荆風坼海榴艷露墜木蘭英假開春未老宴合日屢傾珠翠混花影管絃藏水聲佳會不易得良辰亦難幷聽吟歌暫輟看舞杯徐行米價賤如土酒味濃於餳此時不盡醉但恐負平生殷勤二曹長各捧一銀觥

苦熱中寄舒員外

何堪日衰病復此時炎燠猒對俗杯盤倦聽凡絲竹藤牀鋪晚雪角枕截寒玉安得清瘦人新秋夜同宿非君固不可何夕枉高躅

閑夕

一聲早蟬發數點新螢度蘭釭耿無烟筠簟清有露未歸

後房寢且下前軒步斜月入低廊涼風滿高樹放懷常自適遇境多成趣何法使之然心中無細故

寄情

灼灼早春梅東南枝㝡早持來翫未足花向手中老芳香銷掌握悵望一生懷抱豈無後開花念此先開好

舒員外遊香山寺數日不歸兼辱尺書大誇勝事時正值坐衙慮囚之際走筆題長句以贈之

香山石樓倚天開翠屏壁立波環迴黃菊繁時好客到碧雲合處佳人來（謂遣英菁二妓與舒君同遊）酡顏一笑夭桃綻清吟數聲寒玉哀軒騎逶遲棹容與留連三日不能迴白頭老尹府中坐早衙纔退暮衙催庭前階上何所有纍囚成貫案成堆豈無池塘長秋草亦有絲竹生塵埃今日清光昨夜月竟無人來勸一杯

早冬遊王屋自靈都抵陽臺上方望天壇偶吟成章

寄温谷周尊師中書李相公

霜降山水清王屋十月時石泉碧漾漾巖樹紅離離朝爲靈都遊暮有陽臺期飄然世塵外鸞鶴如可追忽念公程盡復慙身力衰天壇在天半欲上心遲遲嘗聞此遊者隱客與損之各抱貴仙骨俱非泥垢姿二人相顧言彼此稱男兒若不爲松喬即須作臯夔今果如其語光彩雙葳蕤一人佩金印一人翳玉芝我來高其事詠歎偶成詩爲君題石上欲使故山知

吴宮辭

淡紅花帔淺檀蛾睡臉初開似剪波坐對珠籠閑理曲琵琶鸚鵡語相和

白氏文集卷第二十二

白氏文集卷第二十三

律詩 凡一百首

元微之除浙東觀察使喜得杭越鄰州先贈長

句 十七首並與微之和荅

稽山鏡水歡遊地犀帶金章榮貴身官職比君雖校小封疆與我且爲鄰郡樓對翫千峯月江界平分兩岸春杭越風光詩酒主相看更合是何人

席上荅微之

我住浙江西君去浙江東勿言一水隔便與千里同富貴無人勸君酒今宵爲我盡盃中

荅微之上船後留别

燭下樽前一分手舟中岸上兩迴頭歸來虛白堂中夢合眼先應到越州

答微之泊西陵驛見寄

煙波盡處一點白應是西陵古驛臺知在臺邊望不見暮潮空送渡船迴

答微之誇越州州宅

賀上人迴得報書大誇州宅似仙居猒看馮翊風沙久喜見蘭亭煙景初日出旌旗生氣色月明樓閣在空虛知君暗數江南郡除却餘杭盡不如

微之重誇州居其落句有西州羅刹之謔因嘲兹石聊以寄懷

君問西州城下事醉中疊紙爲君書嵌空石面標羅刹壓捺潮頭敵子胥神鬼曾鞭猶不動波濤雖打欲何如誰知太守心相似抵滯堅頑兩有餘

張十八員外以新詩二十五首見寄郡樓月下吟翫通夕

因題卷後封寄微之

秦城南省清秋夜江郡東樓明月時去我三千六百里得君二十五篇詩陽春曲調高難和淡水交情老始知坐到天明吟未足重封轉寄與微之

酬微之 微之題云郡務稍簡因得整集舊詩并連綴刪削封章諫草繁委箱笥僅踰百軸偶成自歎兼寄樂天

滿袠塡箱唱和詩少年爲戲老成悲聲聲麗曲敲寒玉句句妍辭綴色絲吟翫獨當明月夜傷嗟同是白頭時由來才命相磨折天遣無兒欲怨誰 微之句云天遣兩家無嗣子欲將文字付誰人故以此舉之

餘思未盡加爲六韻重寄微之

海内聲華併在身箧中文字絕無倫 美微之也 遥知獨對封章草忽憶同爲獻納臣走筆往來盈卷軸 予與微之前後寄和詩數百篇近代無如此多有也 除官遞互掌絲綸 予除中書舍人微之撰制詞微之除翰林學士予撰制詞 制從長慶辭高古 微之長慶初知制誥文格高古始變俗體繼者效之也 詩到元和體變新 衆稱元白爲千字律詩或号元和格 名有文姬才稚

齒（蔡邕無兒有女琰字文姬）俱無通子繼餘塵（陶潛小男名通子）琴書何必求王粲與女猶勝與外人

荅微之詠懷見寄

閤中同直前春事舩裏相逢昨日情分袂二年勞夢寐並牀三宿話平生紫微北畔辭宮闕滄海西頭對郡城聚散窮通何足道醉來一曲放歌行

酬微之誇鏡湖

我嗟身老歲方徂君更官高興轉孤軍門郡閤曾閑否禹穴耶溪得到無酒盞省陪波卷白骰盆思共彩呼盧一泓鏡水誰能羨自有胷中萬頃湖（微之詩云孫園虎寺隨宜看不必遥遥羨鏡湖故以此戲言荅之）

雪中即事寄微之

連夜江雲黃慘澹平明山雪白糢糊銀河沙漲三千里梅嶺花排一萬株北市風生飄散麪東樓日出照凝酥誰家高士

闕門戶何處行人失道途舞鶴庭前毛稍定擣衣碪上練
新鋪戲團稚女呵紅手愁坐衰翁對白鬚壓瘴一州除疾苦
呈豐萬井盡歡娛潤含玉德懷君子寒助霜威憶大夫莫道
烟波一水隔何妨氣候兩鄉殊越中地暖多成雨還有瑶臺瓊
樹無

醉封詩筒寄微之

一生休戚與窮通處處相隨事事同未死又鄰滄海郡無兒
俱作白頭翁展眉只仰三杯後代面唯憑五字中爲向兩川郵吏
道莫辭來去遞詩筒

除夜寄微之

鬢毛不覺白毿毿一事無成百不堪共惜盛時辭闕下同嗟
除夜在江南家山泉石尋常憶世路風波子細諳老校於君合
先退明年半百又加三

蘇州李中丞以元日郡齋感懷詩寄微之及予輒
依來篇七言八韻走筆奉荅兼呈微之
白首餘杭白太守落拓拋名來已久一辭渭北故園春再把江南新歲酒杯前笑歌徒勉強鏡裏形容漸衰朽領郡慚當潦倒年鄰州喜得平生友長洲草接松江岸曲水花連鏡湖口老去還能痛飲無春來曾作閑遊否憑鶯為傳語報李六倩鴈將書與元九莫嗟一日日催人且貴一年年入手
早春西湖閑遊悵然興懷憶與微之同賞因思在越官重事殷鏡湖之遊或恐未暇偶成十八韻寄微之
上馬復呼賓湖邊景氣新管絃三數事騎從十餘人立換登山屐行攜漉酒巾逢花看當妓遇草坐為茵西日籠黃柳東風蕩白蘋小橋裝鴈齒輕浪甃魚鱗畫舫牽徐轉銀船

酬慢巡野情遺世累醉態任天眞彼此年將老平生分最親高天從所願遠地得爲鄰雲樹分三驛煙波限一津翻嗟寸步隔却猒尺書頻浙右稱雄鎮山陰委重臣貴垂長紫綬榮駕大朱輪出動刀槍隊歸生道路塵鷹驚弓易散鷗怕鼓難馴百吏瞻相面千夫捧擁身自然閑興少應負鏡湖春

荅微之見寄 時在郡樓對雪

可憐風景浙東西先數餘杭次會稽禹廟未勝天竺寺錢湖不羨若耶溪擺塵野鶴春毛暖拍水沙鷗溼翅低更對雪樓君愛否紅欄碧甃點銀泥

祭社宵興燈前偶作

城頭傳鼓角燈下整衣冠夜鏡藏鬚白秋泉漱齒寒欲將閑送老須著病辭官更待年終後支持歸計看

閑臥

盡日前軒卧神閑境亦空有山當枕上無事到心中簾卷侵床日屏遮入座風望春春未到應在海門東

新春江次

浦乾潮未應堤濕凍初銷粉片粧梅朶金絲刷柳條鴨頭新緑水鴈齒小紅橋莫悵珂聲碎春來五馬驕

春題湖上

湖上春來似畫圖亂峯圍繞水平鋪松排山面千重翠月點波心一顆珠碧毯線頭抽早稻青羅裙帶展新蒲未能拋得杭州去一半勾留是此湖

早春憶微之

昏昏老與病相和感物思君歎復歌聲早雞先知夜短色濃柳最占春多沙頭雨染斑斑草水面風驅瑟瑟波可道眼前光景惡其如難見故人何

失鶴

失爲庭前雪飛因海上風九霄應得侶三夜不歸籠聲斷碧雲外影沉明月中郡齋從此後誰伴白頭翁

自感

宴遊寢食漸無味杯酒管絃徒繞身賓客歡娛僮僕飽始知官職爲他人

得湖州崔十八使君書喜與杭越鄰郡因成長句代賀兼寄微之

三郡何因此結緣貞元科第忝同年故情歡喜開書後舊事思量在眼前越國封疆吞碧海杭城樓閣入青煙吳興卑小君應屈爲是蓬萊冣後仙（貞元初同登科崔君名冣在後當時崔自詠云人間不會雲間事應笑蓬萊冣後仙）

同諸客攜酒早看櫻桃花

曉報櫻桃發春攜酒客過綠餳粘盞杓紅雪壓枝柯天色晴

明少人生事故多停杯替花語不醉擬如何

柳絮

三月盡時頭白日與春老别更依依憑鶯爲向楊花道絆惹春風莫放歸

早飲湖州酒寄崔使君

一榼扶頭酒泓澄瀉玉壺十分蘸甲酌瀲灩滿銀盂捧出光華動嘗看氣味殊手中稀琥珀舌上冷醍醐瓶裹有時盡江邊無處沽不知崔太守更有寄來無

病中書事

三載卧山城閑知節物情鶯多過春語蟬不待秋鳴氣嗽因寒發風痰欲雨生病身無所用唯解卜陰晴

與微之唱和來去常以竹筒貯詩陳協律美而成篇因以此荅

揀得琅玕截作筒緘題章句寫心胷隨風每喜飛如鳥渡水常憂化作龍粉節堅如大守信霜筠冷稱大夫容煩君讚詠心知愧魚目驪珠同一封

醉戲諸妓

席上爭飛使君酒歌中多唱舍人詩不知明日休官後逐我東山去是誰

北院

北院人稀到東窻地最偏竹煙行竈上石壁卧房前性拙身多暇心慵事少緣還如病居士唯置一牀眠

酬周協律

五十錢唐守應為送老官濫蒙辭客愛猶作近臣看鑿落愁須飲琵琶悶遣彈白頭雖強醉不似少年歡

題石山人

騰騰兀兀在人間貴賤賢愚盡往還羶膩筵中唯飲酒歌鐘會處獨思山存神不許三尸住混俗無妨兩鬢班除却餘杭白太守何人更解愛君閑

詩解

新篇日日成不是愛聲名舊句時時改無妨悅性情但令長守郡不覓却歸城秖擬江湖上吟哦過一生

潮

早潮纔落晚潮來一月周流六十迴不獨光陰朝復暮杭州老去被潮催

聞歌妓唱嚴郎中詩因以絕句寄之嚴前為郡守

已留舊政布中和又付新詞與艷歌但是人家有遺愛就中蘇小感恩多

柘枝妓

平鋪一合錦筵開連擊三聲畫鼓催紅蠟燭移桃葉起紫
羅衫動柘枝來帶垂鈿胯花腰重帽轉金鈴雪面迴看即曲
終留不住雲飄雨送向陽臺

急樂世辭

正抽碧線繡紅羅忽聽黃鸝斂翠蛾秋思冬愁春悵望大
都不稱意時多

天竺寺送堅上人歸廬山

錫杖登高寺香爐憶舊峯偶來舟不繫忽去鳥無蹤豈要
留離偈寧勞動別容與師俱是夢夢裏暫相逢

除官赴闕留贈微之

去年十月半君來過浙東今年五月盡我發向關中兩鄉
默默心相別一水盈盈路不通從此津人應省事寂寥無復
遞詩筒

留題郡齋

吟山歌水嘲風月便是三年官滿時春爲醉眠多閉閤秋因晴望暫褰帷更無一事移風俗唯化州民解詠詩

別州民

耆老遮歸路壺漿滿別筵甘棠無一樹那得淚潸然稅重多貧戶農飢足旱田唯留一湖水與汝救凶年（今春增築錢唐湖堤貯水以防天旱故云）

留題天竺靈隱兩寺

在郡六百日入山十二迴宿因月桂落醉爲海榴開（天竺嘗有月中桂子落靈隱多海石榴花也）黃紙除書到青宮詔命催僧徒多悵望賓從亦徘徊寺暗煙埋竹林香雨落梅別橋憐白石辭洞戀青苔（石橋在天竺明洞在靈隱）漸出松間路猶飛馬上杯誰教冷泉水送我下山來

西湖留別

征途行色慘風煙祖帳離聲咽管絃翠黛不須留五馬皇

恩只許住三年綠藤陰下鋪歌席紅藕花中泊妓船處處迴頭盡堪戀就中難別是湖邊

重寄別微之

憑仗江波寄一辭不須惆悵報微之猶勝往歲峽中別灔澦堆邊招手時

重題別東樓

東樓勝事我偏知氣象多隨昏旦移湖卷衣裳白重疊山張屏障綠參差海仙樓塔晴方出江女笙簫夜始吹春雨星攢尋蟹火秋風霞颭弄濤旗餘杭風俗每寒食雨後夜凉家家持燭尋蟹動盈万人每歲八月迎濤弄水者悉舉旗幟焉宴宜雲髻新梳後曲愛霓裳未拍時太守三年嘲不盡郡齋空作百篇詩

別周軍事

主人頭白官仍冷去後憐君是底人試謁會稽元相去不妨相

見却殷勤

看常州柘枝贈賈使君

莫惜新衣舞柘枝也從塵污汗霑垂料君即却歸朝去不見銀泥衫故時

汴河路有感

三十年前路孤舟重往還遶身新眷屬舉目舊鄉關事去唯留水人非但見山啼襟與愁鬢此日兩成班

埇橋舊業

別業埇城北拋來二十春改移新逕路變換舊村鄰有税田疇薄無官弟姪貧田園何用問強半屬他人

茅城驛

汴河無景思秋日又淒淒地薄桑麻瘦村貧屋舍低早苗多間草濁水半和泥最是蕭條處茅城驛向西

河陰夜泊憶微之

憶君我正泊行舟望我君應上郡樓萬里月明同此夜黃河東面海西頭

杭州迴舫

自別錢唐山水後不多飲酒懶吟詩欲將此意憑迴棹與報西湖風月知

途中題山泉

決決涌巖穴濺濺出洞門向東應入海從此不歸源似葉飄辭樹如雲斷別根吾身亦如此何日返鄉園

欲到東洛得楊使君書因以此報

向公心切向財疎淮上休官洛下居三郡政能從獨步十年生計復何如使君灘上久分手別駕渡頭先得書且喜平安又相見其餘外事盡空虛

洛下寓居

秋館清涼日書因解悶看夜窻幽獨處琴不爲人彈遊宴慵多廢趨朝老漸難禪僧教斷酒道士勸休官渭曲莊猶在錢唐俸尚殘如能便歸去亦不至飢寒

味道

叩齒晨興秋院靜焚香宴坐晚窻深七篇眞誥論仙事一卷壇經説佛心此日盡知前境妄多生曾被外塵侵自嫌習性猶殘處愛詠閑詩好聽琴

好聽琴

本性好絲桐塵機聞即空一聲來耳裏萬事離心中清暢堪銷疾恬和好養蒙尤宜聽三樂安慰白頭翁

愛詠詩

辭章諷詠成千首心行歸依向一乘坐倚繩牀閑自念前生

應是一詩僧

酬皇甫庶子見寄

掌綸不稱君應笑典郡無能我自知別詔忽驚新命出同寮偶與夙心期春坊瀟灑優閑地秋鬢蒼浪老大時獨占二疎應未可龍樓見擬覓分司

臥疾

閑官臥疾絕經過居處蕭條近洛河水北水南秋月夜管絃聲少杵聲多

遠師

東宮白庶子南寺遠禪師何處遥相見心無一事時

問遠師

葷羶停夜食吟詠散秋懷笑問東林老詩應不破齋

小院酒醒

酒醒閑獨步小院夜深涼一領新秋簟三間明月廊未收殘盞杓初換熟衣裳好是幽眠處松陰六尺牀

贈侯三郎中

老愛東都好寄身足泉多竹少埃塵年豐最喜唯貧客秋冷先知是瘦人幸有琴書堪作伴苦無田宅可爲鄰洛中縱未長居得且與蘓田遊過春

求分司東都寄牛相公十韻

忽忽心如夢星星鬢似絲縱貧長有酒雖老未拋詩儉薄身都慣疎頑性頗宜飰麤飡亦飽被暖起常遲萬里歸何得三年伴是誰華亭鶴不去天竺石相隨（余罷杭州得華亭鶴天竺石同載而歸）王尹貰將馬田家賣與池開門閑坐日遶水獨行時懶慢交遊許衰羸相府知官寮幸無事可惜不分司

酬楊八

君以曠懷宜靜境我因蹇步稱閑官閑門足病非高士勞作雲心鶴眼看

履道新居二十韻

履道坊西角官河曲北頭林園四鄰好風景一家秋門閑深沉樹池通淺沮秋夜反蒲拔青松直上鋪碧水平流籬菊黃金合窗筠綠玉稠疑連紫陽洞似到白蘋洲僧至多同宿賓來輙少留豈無詩引興兼有酒銷憂移榻臨平岸攜茶上小舟果穿聞鳥啄萍破見魚遊地與塵相遠人將境共幽泛潭菱點鏡沉浦月生鈎廚曉烟孤起庭寒雨半收老飢初愛粥瘦冷早披裘洛下招新隱秦中忌舊遊辭章留鳳閣班藉寄龍樓病愜官曹靜閑慚俸祿優琴書中有得衣食外何求濟世才無取謀身智不周應須共心語萬事一時休

九日思杭州舊遊寄周判官及諸客

忽憶郡南山頂上昔時同醉是今辰笙歌委曲聲延耳金翠動搖光照身風景不隨宮相去歡娛應逐使君新江山賓客皆如舊唯是當筵換主人

秋晚

煙景澹濛濛池邊微有風覺寒蛩近壁知暝鶴歸籠長皃隨年改衰情與物同夜來霜厚薄梨葉半低紅

分司

散帙留司殊有味最宜病拙不才身行香拜表為公事碧洛青嵩當主人已出閑遊多到夜却歸慵卧又經旬錢唐五馬留三匹還擬騎遊攪擾春

河南王尹初到以詩代書先問之

別來王閣老三歲似須臾鬢上斑多少杯前興有無官從分緊慢情莫問榮枯許入朱門否籃輿一病夫

池西亭

朱欄映晚樹金魄落秋池還似錢唐夜西樓月出時

臨池閑卧

小竹圍庭匝平池與砌連閑多臨水坐老愛向陽眠營役拋身外幽奇送枕前誰家卧牀脚解繫釣魚船

吾廬

吾廬不獨貯妻兒自覺年侵身力衰眼下營求容足地心中准擬掛冠時新昌小院松當戶履道幽居竹遶池莫道兩都空有宅林泉風月是家資

題新居寄宣州崔相公 所居南鄰即崔家池

門庭有水巷無塵好稱閑官作主人冷似雀羅雖少客寬於蝸舍足容身疎通竹徑將迎月掃掠莎臺欲待春濟世料君歸未得南園北曲謾爲鄰

憶杭州梅花因敘舊遊寄蕭協律

三年悶悶在餘杭曾爲梅花醉幾塲伍相廟邊繁似雪孤山園裏麗如粧蹋隨遊騎心長惜折贈佳人手亦香賞自初開直至落歡因小飲便成狂薛劉相次埋新壠沈謝雙飛出故鄉（薛劉二客謝沈二妓皆當時歌酒之侶）歌伴酒徒零散盡唯殘頭白老蕭郎

病中辱張常侍題集賢院詩因以繼和

天祿閣門開甘泉侍從迴圖書皆帝籍寮友盡仙才騎省通中掖龍樓隔上臺猶憐病宮相詩寄洛陽來

早春晚歸

晚歸騎馬過天津沙白橋紅反照新草色連延多隙地鼓聲閑緩少忙人還如南國饒溝水不似西京足路塵金谷風光依舊在無人管領石家春

贈楊使君

曾嗟放逐同巴峽且喜歸還會洛陽時命到來須作用功名未立莫思量銀銜叱撥欺風雪金屑琵琶費酒漿更待城東桃李發共君沉醉兩三場

贈皇甫庶子

何因散地共徘徊人道君才我不才騎少馬蹄生易蹶用稀印鏁澁難開妻知年老添衣絮婢報天寒撥酒醅更愧小胥諮拜表單衫衝雪夜深來

池上竹下作

穿籬遶舍碧逶迤十畝閑居半是池食飽窻間新睡後脚輕林下獨行時水能性淡爲吾友竹解心虛即我師何必悠悠人世上勞心費目覓親知

閑出覓春戲贈諸郎官

年來數出覓風光亦不全閑亦不忙放鞚體安騎穩馬濶袍

身暖照晴陽迎春日日添詩思送老時時放酒狂除却鬚鬢白一色其餘未伏少年郎

別春爐

煖閤春初入温爐興稍闌晚風猶冷在夜火且留看獨宿相依久多情欲別難誰能共天語長遣四時寒

汎小艑 二首

水一塘艑一隻艑頭漾漾知風起艑背蕭蕭聞雨滴醉臥舩中欲醒時忽疑身是江南客

舡緩進水平流一莖竹篙剔舡尾兩幅青幕覆舩頭亞竹亂藤多照岸如從鳳口向湖州

夢行簡

天氣妍和水色鮮閑吟獨步小橋邊池塘草緑無佳句虛臥春窗夢阿憐

題新居呈王尹兼簡府中三掾

弊宅須重葺貧家乏羨財橋憑川守造樹倩府寮栽朱板新猶濕紅英暖漸開仍期更攜酒倚檻看花來

雲和

非琴非瑟亦非箏撥柱推絃調未成欲散白頭千萬恨只銷紅袖兩三聲

春老

欲隨年少強遊春自覺風光不屬身歌舞屏風花障上幾時曾畫白頭人

春雪過皇甫家

晚來籃轝雪中迴喜遇君家門正開唯要主人青眼待琴詩談笑自將來

崔侍御以孩子三日示其所生詩見示 因以二絕和之

洞房門上掛桑弧香水盆中浴鳳雛還似初生三日魄常娥滿月即成珠

愛惜肯將同寶玉喜歡應勝得王侯弄璋詩句多才思愁殺無兒老鄧攸

與皇甫庶子同遊城東

閑遊何必多徒侶相勸時時舉一杯博望苑中無職役建春門外足池臺綠油剪葉蒲新長紅蠟粘枝杏欲開白馬朱衣兩宮相可憐天氣出城來

洛城東花下作

記得舊詩章花多數洛陽舊詩云洛陽城東面今來花似雪又云更待城東桃李發又云花滿洛陽城及逢枝似雪已是鬢成霜向後光陰促從前事意忙無因重年少何計駐時芳欲送愁離面須傾酒入腸白頭無藉在醉倒亦何妨

晚春寄微之幷崔湖州

洛陽陌上少交親履道城邊欲暮春崔在吳興元在越出門騎馬覓何人

城東閑行因題尉遲司業水閣

閑遶洛陽城無人知姓名病乘籃轝出老著茜衫行處處花相引時時酒一傾借君溪閣上醉詠兩三聲

寄皇甫七

孟夏愛吾廬陶潛語不虛花樽飄落酒風案展開書鄰女偷新果家僮漉小魚不知皇甫七池上興如何

訪皇甫七

上馬行數里逢花傾一杯更無停泊處還是覓君來

白氏文集卷第二十三

白氏文集卷第二十四

律詩　凡一百首

除蘇州刺史別洛城東花

亂雪千花落新絲兩鬢生老除吳郡守春別洛陽城江上今
重去城東更一行別花何用伴勸酒有殘鶯

奉和汴州令狐令公二十二韻

客有東征者夷門一落帆二年方得到五月未爲淹相府領鎮周年居易方到既到陪奉遊宴凡經五日在浚旋重葺遊梁館更添心因好善樂皃爲禮賢謙俗阜知敦勸民安見察廉仁風扇平道路陰雨膏去閭閻文律操將柄兵機釣得鈐碧幢油葉葉紅旆火襜襜景象春加麗威容曉助嚴槍森赤豹尾纛吒黑龍髯門靜塵初斂城昏日半銜選幽開後院占勝坐前簷平展絲頭毯高褰錦額簾雷搥柘枝鼓雪擺胡騰衫髮滑歌釵墜粧光舞汗霑

迴燈花蔟蔟過酒玉纖纖饌盛盤心殢醅濃盞底粘陸珍
熊掌爛海味蟹螯鹹福履千夫祝形儀四座瞻羊公長在峴
傳說莫歸巖盖祝者詩意也眷愛人人遍風情事事兼猶嫌客不
醉同賦夜猒猒

舡夜援琴

鳥棲魚不動月照夜江深身外都無事舟中只有琴七絃為
益友兩耳是知音心靜即聲淡其間無古今

荅劉和州 禹錫

換印雖頻命未通歷陽湖上又秋風不教才展休明代為罰
詩爭造化功我亦思歸田舍下君應猒卧郡齋中好相收拾
爲閑伴年齒官班約略同

渡淮

淮水東南闊無風渡亦難孤烟生乍直遠樹望多圓春浪棹

聲急夕陽帆影殘清流宜映月今夜重吟看

赴蘇州至常州荅賈舍人

杭城隔歲轉蘇臺還擁前時五馬迴猒見簿書先眼合喜逢杯酒暫眉開未酬恩寵年空去欲立功名命不來一別承明三領郡甘從人道是癡才

去歲罷杭州今春領吳郡慙無善政聊寫鄙懷兼寄三相公

爲問三丞相如何秉國鈞那將最劇郡付與苦慵人豈有吟詩客堪爲持節臣不才空飽煖無惠及飢貧昨臥南城月今行北境春鉛刀磨欲盡銀印換何頻杭老遮車轍吳童掃路塵虛迎復虛送慙見兩州民

宣武令狐相公以詩寄贈傳播吳中聊用短章用伸酬謝

新詩傳詠忽紛紛楚老吳娃耳偏聞盡解呼爲好才子不知官
是上將軍辭人命薄多無位戰將功高少有文謝朓篇章韓
信鉞一生雙得不如君

自詠

形容瘦薄詩情苦豈是人間有相人只合一生眠白屋何因三
度擁朱輪金章未佩雖非貴銀榼常攜亦不貧唯是無兒
頭早白被天磨折恰平均

吟前篇因寄微之

君顏貴茂不清羸君句雄華不苦悲何事遣君還似我
髭鬚早白亦無兒

紫薇花

紫薇花對紫微翁名目雖同皃不同獨占芳菲當夏景不
將顏色託春風潯陽官舍雙高樹興善僧庭一大叢何似蘇

州安置處花堂欄下月明中

自到郡齋僅經旬日方專公務未及宴遊偷閑走筆題二十四韻兼寄常州賈舍人湖州崔郎中仍呈吳中諸客

渭北離鄉客江南守土臣涉途初改月入境已經旬甲郡標天下環封極海濵版圖十萬戶兵籍五千人自顧才能少何堪寵命頻冒榮慚印綬虛奬負絲綸（除蘇州制云藏於己為道義施於物為政能在公彰骨鯁之志闔境有袴襦之樂）候病須通脉防流要塞津救煩無若靜補拙莫如勤削使科條簡攤令賦役均以茲為報効安敢不躬親襦袴提於手韋弦佩在紳敢辭稱俗吏且願活疲民常（常州）未徵黃霸湖（湖州）猶借寇恂愧無鐺脚政（河北三郡相鄰皆有善政時為鐺脚刺史見唐書）徒忝犬牙鄰制詔誇黃絹（美賈常州也）詩篇占白蘋（美崔吳興也）銅符抛不得（自謂也）瓊樹見無因警寐鐘傳夜催衙鼓報晨唯知對胥吏未暇接

親膚色變雲迎夏聲殘鳥過春麥風非逐扇梅雨異隨輪
武寺山如故（武丘寺也）王樓月自新（郡內東南樓名也）池塘閑長草絲竹廢
生塵暑遣燒神酎晴教曬舞茵待還公事了亦擬樂吾身

題籠鶴

經旬不飲酒踰月未聞歌豈是風情少其如塵事多虎丘慙
客問娃館妬人過莫笑籠中鶴相看去幾何

荅客問杭州

為我踟躕停酒盞與君約略說杭州山名天竺堆青黛湖号
錢唐寫綠油大屋簷多裝鴈齒小航舡亦畫龍頭所嗟水
路無三百官繫何因得再遊

登閶門閑望

閶門四望鬱蒼蒼始覺州雄土俗強十万夫家供課稅五千
子弟守封疆闔閭城碧鋪秋草烏鵲橋紅帶夕陽處處樓

前飄管吹家家門外泊舟航雲埋虎寺山藏色月耀娃宮水放光曾賞錢唐嫌茂苑今來未敢苦誇張

代諸妓贈送周判官

妓筵今夜别姑蘇客棹明朝向鏡湖莫汎扁舟尋范蠡且隨五馬覓羅敷蘭亭月破能迴否娃館秋涼却到無好與使君爲老伴歸來休染白髭鬚

秋寄微之十二韻

娃館松江北稽城浙水東屈君爲長吏伴我作衰翁旌旆知非遠烟雲望不通忙多對酒榼興少閱詩筒（此在杭州兩浙唱和詩贈荅於筒中遞來往）淡白秋來日踈涼雨後風餘霞數片綺新月一張弓影滿衰桐樹香凋晚蕙叢飢啼春穀鳥寒怨絡絲蟲覽鏡頭雖白聽歌耳未聾老愁從自遣醉笑與誰同清旦方堆案黃昏始退公可憐朝暮景銷在兩衙中

池上早秋

荷芰緑參差新秋水滿池早涼生北檻殘照下東籬露飽蟬聲懶風乾柳意衰過潘二十歲何必更愁悲

郡西亭偶詠

常愛西亭面北林公私塵事不能侵共閑作伴無如鶴與老相宜只有琴莫遣是非分作界須教吏隱合爲心可憐此道人皆見但要修行功用深

故衫

闇淡緋衫稱老身半披半曳出朱門袖中吳郡新詩本襟上杭州舊酒痕殘色過梅看向盡故香因洗嗅猶存曾經爛熳三年著欲棄空箱似少恩

郡中夜聽李山人彈三樂

風琴秋拂匣月戶夜開關縈啓先生樂姑蘇太守閑傳聲千

古後得意一時間却恠鍾期耳唯聽水與山

東城桂三首 并序

蘓之東城古吴都城也今爲之樵牧塲有桂一株生乎城下惜其不得地因賦三絶句以唁之

子墮本從天竺寺根盤今在闔閭城當時應逐南風落落向人間取次生 舊説杭州天竺寺每歲秋中有月桂子墮

霜雪壓多雖不死荆榛長疾欲相埋長憂落在樵人手賣作蘓州一束柴

遥知天上桂華孤試問常娥更要無月宫幸有閑田地何不中央種兩株

聞行簡恩賜章服喜成長句寄之

吾年五十加朝散尒亦今年賜服章齒髮恰同知命歲官銜俱是客曹郎 予与行簡俱年五十始著緋皆是主客郎官 榮傳錦帳花聯萼彩動綾袍

鴈趂行（緋多以鴈銜瑞莎爲之也）大抵著緋宜老大莫嫌秋鬢數莖霜

喚笙歌

露墜萎花槿風吹敗葉荷老心歡樂少秋眼感傷多芳歲今如此衰翁可奈何猶應不如醉試遣喚笙歌

對酒吟

一抛學士筆三佩使君符未換銀青綬唯添雪白鬚公門衙退掩妓席客來鋪履舄從相近謳吟任所須金銜嘶五馬鈿帶舞雙姝不得當年有猶勝到老無合聲歌漢月齊手拍吳歈今夜還先醉應煩紅袖扶

偶飲

三盞醺醺四體融妓亭簷下夕陽中千聲方響敲相續一曲雲和戛未終今日心情如往日秋風氣味似春風唯憎小吏樽前報道去衙時水五筒

早發赴洞庭舟中作

閶門曙色欲蒼蒼星月高低宿水光棹舉影搖燈燭動舟移聲拽管絃長漸看海樹紅生日遙見包山白帶霜出郭巳行十五里唯銷一曲慢霓裳

宿湖中

水天向晚碧沉沉樹影霞光重疊深浸月冷波千頃練苞霜新橘萬株金幸無案牘何妨醉縱有笙歌不廢吟十隻畫舡何處宿洞庭山脚太湖心

揀貢橘書情

洞庭貢橘揀宜精太守勤王請自行珠顆形容隨日長瓊漿氣味得霜成登山敢惜駑駘力望闕難伸螻蟻情踈賤無由親跪獻願憑朱實表丹誠

夜泛陽塢入明月灣即事寄崔湖州

湖山處處好淹留最愛東灣北塢頭掩映橘林千點火泓澄潭水一盆油龍頭畫舸銜明月鵲脚紅旗蘸碧流爲報茶山崔太守與君各是一家遊（嘗羨吴興每春茶山之遊泊入太湖羨意減矣故云）

泛太湖書事寄微之

煙渚雲帆處處通飄然舟似入虛空玉盃淺酌巡初匝金管徐吹曲未終黃夾纈林寒有葉碧琉璃水淨無風避旗飛鷺翩翻白蘸鷁鼓跳魚拔剌紅澗雪壓多松偃蹇巖泉滴久石玲瓏書爲故事留湖上（所見勝景多記在湖中石上）吟作新詩寄浙東軍府威容從道盛江山氣色定知同報君一事君應羨五宿澄波皓月中

題新館

曾爲白社羈遊子今作朱門醉飽身十萬戶州尤覺貴二千石祿敢言貧重裘每念單衣士兼味常思旅食人新館寒來多

少客欲迴歌酒煖風塵

西樓喜雪命宴

宿雲黃慘澹曉雪白飄飄散麴遮槐市堆花壓柳橋四郊鋪縞素萬室甃瓊瑤銀榼攜桑落金爐上麗譙光迎舞妓動寒近醉人銷歌樂雖盈耳慙無五袴謠

新栽梅

池邊新種七株梅欲到花時點撿來莫怕長洲桃李妬今年好為使君開

酬劉和州戲贈

錢唐山水接蘇臺兩地褰帷愧不才政事素無爭學得風情舊有且將來雙蛾解珊啼相送五馬鳴珂笑卻迴不似劉郎無景行長拋春恨在天台

戲和賈常州醉中二絕句

聞道毗陵詩酒興近來積漸學姑蘇罨頭新令從偷去刮骨清吟得似無

越調管吹留客曲吳吟詩送煖寒盃娃宮無限風流事好遣孫心暫學來

歲暮寄微之 三首

微之別久能無歎知退書稀豈免愁甲子百年過半後光陰一歲欲終頭池冰曉合膠舩底樓雪晴銷露瓦溝自覺歡情隨日減蘇州心不及杭州

白頭歲暮苦相思除却悲吟無可爲枕上從妨一夜睡燈前讀盡十年詩（讀前後唱和詩）龍鍾校正騎驢日顦顇通江司馬時（通州江州）君並如今是全活紆朱拖紫且開眉

榮進雖頻退亦頻與君才命不調勻若不九重中掌事即須千里外拋身紫垣南北廳曾對滄海東西郡又鄰唯欠結廬

嵩洛下一時歸去作閑人

歲日家宴戲示弟姪等兼呈張侍御二十八丈殷判官二十三兄

弟妹妻孥小姪甥嬌癡弄我助歡情歲盞後推藍尾酒春盤先勸膠去牙餳形骸老倒雖堪歎骨肉團圓亦可榮猶有誇張少年處笑呼張丈喚殷兄

正月三日閑行

黃鸝巷口鶯欲語烏鵲河頭冰欲銷黃鸝坊名烏鵲河名綠浪東西南北水紅欄三百九十橋蘇之官橋大數鴛鴦蕩漾雙雙翅楊柳交加萬萬條借問春風來早晚只從前日到今朝

夜歸

逐勝移朝宴留歡放晚衙賓寮多謝客騎從半吳娃到處銷春景歸時及月華城陰一道直燭焰兩行斜東吹先催柳南

霜不殺花阜橋夜沽酒燈火是誰家

自歎

豈獨年相迫兼爲病所侵春來痰氣動老去嗽聲深眼暗猶操筆頭班未掛簪因循過日月眞是俗人心

郡中閑獨寄微之及崔湖州

少年賓旅非吾輩晚歲簪纓束我身酒散更無同宿客詩成長作獨吟人蘋洲會面知何日鏡水離心又一春兩處也應相憶在官高年長少情親

小舫

小舫一艘新造了輕裝梁柱庳安蓬深坊靜岸遊應遍淺水低橋去盡通黃柳影籠隨棹月白蘋香起打頭風慢牽欲傍櫻桃泊借問誰家花最紅

馬墜強出贈同座

足傷遭馬墜腰重倩人擡秪合窻間卧何因花下來坐依鳥皆反桃葉妓行呷地黃盃強出非他意東風落盡梅

夜聞賈常州崔湖州茶山境會想羨歡宴因寄此詩

遥聞境會茶山夜珠翠歌鍾俱遶身盤下中分兩州界燈前合音閤作一家春青娥遞舞應爭妙紫筍齊嘗各鬭新自歎花時北窻下蒲黃酒對病眠人時馬墜損腰正勸蒲黃酒

酬微之開拆新樓初畢相報末聯見戲之作

海山鬱鬱石稜稜新豁高居正好登南臨贍部三千界東對蓬宮十二層報我樓成秋望月把君詩讀夜迴燈無妨却有他心眼粧點亭臺即不能

病中多雨逢寒食

水國多陰常懶出老夫饒病愛閑眠三旬卧度鶯花月一半

春銷風雨天薄暮何人吹觱篥新晴幾處縛鞦韆綵繩芳樹長如舊唯是年年換少年

清明夜

好風朧月清明夜碧砌紅軒刺史家獨遶迴廊行復歇遥聽絲管暗看花

蘓州柳

金谷園中黃嫋娜曲江亭畔碧婆娑老來處處遊行徧不似蘇州柳㝡多絮撲白頭條拂面使君無計奈春何婆娑一作毿娑

三月二十八日贈周判官

一春惆悵殘三日醉問周郎憶得無柳絮送人鶯勸酒去年今日別東都

偶作

紅杏初生葉青梅已綴枝瓓珊花落後寂寞酒醒時坐悶

低眉久行慵舉足遲少年君莫恠頭白自應知

重荅劉和州 来篇云蘇州刺史例能詩西掖吟来替左司又云若共吴王鬪百草不如唯是欠西施

分無佳麗敵西施敢有文章替左司隨分笙歌聊自樂等閑篇詠被人知花邊妓引尋香徑月下僧留宿劍池 可惜當時好風景吴王應不解吟詩採香徑在舘娃宫

奉送三兄

少年曽管二千兵晝聽笙歌夜斫營自反丘園頭盡白每逢旗鼓眼猶明杭州暮醉連牀卧吴郡春遊並馬行自愧阿連官職慢只教兄作使君兄

城上夜宴

留春不住登城望惜夜相將秉燭遊風月萬家河兩岸笙歌一曲郡西樓詩聽越客吟何苦酒被吴娃勸不休從道人生都是夢夢中歡笑亦勝愁

重題小舫贈周從事兼戲微之

細蓬青篾織魚鱗小眼紅窗襯麴塵闊狹纔容從事座高低恰稱使君身舞筵須揀腰輕女仙棹難勝骨重人不似鏡湖廉使出高檣大艑鬧驚春

吳櫻桃

含桃冣說出東吳香色鮮穠氣味殊洽恰舉頭千萬顆婆娑拂面兩三株鳥偷飛處銜將火人摘爭時蹋破珠可惜風吹兼雨打明朝後日即應無

春盡勸客酒

林下春將盡池邊日半斜櫻桃落砌顆夜合隔簾花嘗酒留閑客行茶使小娃殘盃勸不飲留醉向誰家

仲夏齋居偶題八韻寄微之及崔湖州

腥血與葷蔬停來一月餘肌膚雖瘦損方寸任清虛體道通宵坐頭慵隔日梳眼前無俗物身外即僧居水榭風來遠松廊

雨過初褰簾放巢鷰投食施池魚久別閑遊伴頻勞問疾書不知湖與越吏隱興何如

官宅

紅紫共紛紛祗承老使君移舟木蘭棹行酒石榴裙水色窓窓見花香院院聞戀他官舍住雙鬢白如雲

六月三日夜聞蟬

荷香清露墜柳動好風生微月初三夜新蟬第一聲乍聞愁北客靜聽憶東京我有竹林宅別來蟬再鳴不知池上月誰撥小船行

蓮石

青石一兩片白蓮三四枝寄將東洛去心與物相隨石倚風前樹蓮栽月下池遙知安置處預想發榮時領郡來何遠還鄉去已遲莫言千里別歲晚有心期

眼病 二首

散亂空中千片雪蒙籠物上一重紗縱逢晴景如看霧不是春天亦見花（已上四句皆病眼中所見者）僧說客塵來眼界醫言風眩在肝家兩頭治療何曾差藥力微茫佛力賒

又

眼藏損傷來已久病根牢固去應難醫師盡勸先停酒道侶多教早罷官案上謾鋪龍樹論合中虛撚決明丸人間方藥應無益爭得金篦試刮看

題東武丘寺六韻

香刹看非遠祇園入始深龍蟠松矯矯玉立竹森森恠石千僧坐靈池一劍沉海當亭兩面山在寺中心酒熟憑花勸詩成倩鳥吟寄言軒冕客此地好抽簪

夜遊西武丘寺八韻

不猒西丘寺閑來即一過舟船轉雲島樓閣出烟蘿路入青松影門臨白月波魚跳驚秉燭猿覷恠鳴珂摇曳雙紅旆娉婷十翠娥（容滿蟬態等十妓從遊也）香花助羅綺鍾梵避笙歌領郡時將久遊山數幾何一年十二度非少亦非多

詠懷

蘇杭自昔稱名郡牧守當今當好官兩地江山蹋得遍五年風月詠將殘幾時酒盞曾拋却何處花枝不把看白髮滿頭歸得也詩情酒興漸闌珊（將殘一作來殘）

重詠

日覺雙眸暗年驚兩鬢蒼病應無處避老更不宜忙徇俗心情少休官道理長今秋歸去定何必重思量

百日假滿

心中久有歸田計身上都無濟世才長告初從百日滿故鄉元

約一年迴馬辭轅下頭高舉鶴出籠中翅大開但拂衣行莫
迴顧的無官職趁人來

九日寄微之

眼暗頭風事事妨遶籬新菊爲誰黃閑遊日久心慵倦
痛飲年深肺損傷吳郡兩迴逢九月越州四度見重陽怕飛
盃酒多分數厭聽笙歌舊曲章蟋蟀聲寒初過雨茱萸色
淺未經霜去秋共數登高會又被今年減一場

題報恩寺

好是清涼地都無繫絆身晚晴宜野寺秋景屬閑人淨石
堪敷坐寒泉可濯巾自慚容鬢上猶帶郡庭塵

晚起

卧聽鼕鼕衙鼓聲起遲睡足長心情華簪脫後頭雖白堆
案拋來眼校明閑上籃轝乘興出醉迴花舫信風行明朝更

濯塵纓去聞道松江水最清

自思益寺次楞伽寺作

朝從思益峯遊後晚到楞伽寺歇時照水姿容雖已老上山筋力未全衰行逢禪客多相問坐倚魚舟一自思猶去懸車十五載休官非早亦非遲

松江亭携樂觀漁宴宿

震澤平蕪岸松江落葉波在官常夢想為客始經過水面排罾網船頭簇綺羅朝盤鱠紅鯉夜燭舞青娥鴈斷知風急潮平見月多繁絲與促管不解和漁歌

宿靈巖寺上院

高高白月上青林客去僧歸獨夜深葷血屏除唯對酒歌鐘放散只留琴更無俗物當人眼但有泉聲洗我心最愛曉亭東望好太湖烟水綠沉沉

酬别周從事 二首

腰痛拜迎人客倦眼昏勾押簿書難辞官歸去緣衰病

莫作陶潛范蠡看

洛下田園久抛擲吴中歌酒莫留連嵩陽雲樹伊川月已

校歸遲四五年

武丘寺路 去年重開寺路桃李蓮荷約種數千株

自開山寺路水陸往來頻銀勒牽驕馬花船載麗人芰荷生

欲遍桃李種仍新好住湖堤上長留一道春

齊雲樓晚望偶題十韻兼呈馮侍御周殷二協律 樓在蘇州

潦倒官情盡蕭條芳歲闌欲辭南國去重上北城看復

疊江山壯平鋪井邑寬人稠過楊府坊鬧半長安插霧峯頭

沒穿霞日脚殘水光紅漾漾樹色綠漫漫約略留遺愛殷勤

念舊歡病拋官職易老別友朋難九月全無熱西風亦未寒齊
雲樓北面半日凭闌干

河亭晴望 九月八日

風轉雲頭斂烟銷水面開晴虹橋影出秋鴈櫓聲來郡靜
官初罷鄉遥信未迴明朝是重九誰勸菊花盃

留別微之

于時久與本心違悟道深知前事非猶賦勞形辭郡印那
將趣伴著朝衣五千言裏教知足三百篇中勸式微少室雲
邊伊水畔比君校老合先歸

自喜

自喜天教我少緣家徒行計兩翩翩身兼妻子都三口鶴與
琴書共一船僮僕減來無冗食資粮筭外有餘錢攜將貯作
丘中費猶免飢寒得數年

武丘寺路宴留别諸妓

銀泥裙映錦障泥畫舸停橈馬蹀蹄清管曲終鸚鵡語紅旗影動駮鶊嘶漸銷醉色朱顔淺欲語離情翠黛低莫忘使君吟詠處女墳湖北虎丘西一作滄汗

江上對酒 二首

酒助疎頑性琴資緩慢情有慵將送老無智可勞生忽忽忘機坐倀倀任運行家鄉安處是那獨在神京

又

久貯滄浪意初辭桎梏身昏昏常帶酒默默不應人坐穩便箕踞眠多愛欠伸客來存禮數始著白綸巾

望亭驛酬别周判官

何事出長洲連宵飲不休醒應難作别歡漸少於愁燈火穿村市笙歌上驛樓何言五十里已不屬蘇州

見小姪龜兒詠燈詩并臘娘製衣因寄行簡

已知臘子能裁服復報龜兒解詠燈巧婦才人常薄命莫教男女苦多能

酒筵上荅張居士

但要前塵減無妨外相同雖過酒肆上不離道場中絃管聲非實花鈿色是空何人知此義唯有淨名翁

鸚鵡

隴西鸚鵡到江東養得經年觜漸紅常恐思歸先剪翅每因餧食暫開籠人憐巧語情雖重鳥憶高飛意不同應似朱門歌舞妓深藏牢閉後房中

聽琵琶妓彈略略

腕軟撥頭輕新教略略成四絃千遍語一曲萬重情法向師邊得能從意上生莫欺江外手別是一家聲

寫新詩寄微之偶題卷後

寫了吟看滿卷愁淺紅牋紙小銀鈎未容寄與微之去已被人傳到越州

寶曆二年八月三十日夜夢後作

塵纓忽解誠堪喜世網重來未可知莫忘全吴館中夢嶺南泥雨步行時

與夢得同登棲靈塔

半月悠悠在廣陵何樓何塔不同登共憐筋力猶堪在上到棲靈第九層

夢蘇州水閣寄馮侍御

楊州驛裏夢蘇州夢到花橋水閣頭覺後不知馮侍御此中昨夜共誰遊

喜罷郡

五年兩郡亦堪嗟偷出遊山走看花自此光陰爲己有從前日月屬官家樽前免被催迎使枕上休聞報坐衙睡到午時歡到夜迴看官職是泥沙

荅次休上人 来篇云聞有餘霞千万首何方一句乞閑人

姓白使君無麗句名休座主有新文禪心不合生分别莫愛餘霞嫌碧雲

白氏文集第二十四

白氏文集卷第二十五

律詩　凡一百首

感悟妄緣題如上人壁

自從爲騃童直至作衰翁所好隨年異爲忙終日同弄沙成佛塔鏘玉謁王宫彼此皆兒戲須臾即色空有營非了義無著是真宗兼恐勤修道猶應在妄中

思子臺有感二首　凡題思子臺者皆罪江充予觀禍胎不獨在此偶以二絶辨之

曾家機上聞投杼尹氏園中見掇蜂但以恩情生隙罅何人不解作江充

闇生魑魅蠹生蟲何異讒生疑阻中但使武皇心似燭江充不敢作江充

賦得邊城角

邊角兩三枝霜天隴上兒望鄉相並立向月一時吹戰馬頭

皆舉征人手盡垂嗚嗚三奏罷城上展旌旗

憶洛中所居

忽憶東都宅春來事宛然雪銷行徑裏水上卧房前就緑栽黄竹嫌紅種白蓮醉教鸚送酒閑遣鶴看船幸是林園主慙爲食禄牽宦情薄似帋鄉思急於弦豈合姑蘇守歸休更待年

想歸田園

戀他朝市求何事想取丘園樂此身千首惡詩吟過日一壺好酒醉銷春歸鄉年亦非全老罷郡家仍未苦貧快活不知如我者人間能有幾多人

琴茶

兀兀寄形羣動内陶陶任性一生間自抛官後春多醉不讀書来老更閑琴裏知聞唯渌水茶中故舊是蒙山窮通行

止長相伴誰道吾今無往還

贈楚州郭使君

淮水東南第一州山圍雉堞月當樓黃金印綬懸腰底白雪歌詩落筆頭笑看兒童騎竹馬醉攜賓客上仙舟當家美事堆身上何啻林宗與細侯

和郭使君題枸杞

山陽太守政嚴明吏靜人安無犬驚不知靈藥根成狗怪得時聞吠夜聲

初到洛下閑遊

漢庭重少身宜退洛下閑居迹可逃趁伴入朝應老醜尋春放醉尚麁豪詩攜綵紙新裝卷酒典緋花舊賜袍曾在東方千騎上至今蹤跡馬頭高

醉贈劉二十八使君

爲我引杯添酒飲與君把筯擊盤歌詩稱國手徒爲爾命壓
人頭不奈何舉眼風光長寂寞滿朝官職獨蹉跎亦知合被
才名折二十三年折太多

太湖石

煙翠三秋色波濤萬古痕削成青玉片截斷碧雲根風
氣通巖穴苔文護洞門三峯具體小應是華山孫

過敷水

垂鞭欲渡羅敷水處分鳴騶且緩驅秦氏雙蛾久寞寞蘇
臺五馬尚踟躕村童店女仰頭笑今日使君眞是愚

南院

林院無情緒經春不一開楊花飛作穗榆莢落成堆壯志從
中減流年逐後催只應如過客病去老迎來

閑詠

步月憐清景眠松愛綠陰早年詩思苦晚歲道情深夜學禪多坐秋牽興暫吟悠然兩事外無處更留心

初授秘監并賜金紫閑吟小酌偶寫所懷

紫袍新秘監白首舊書生鬢雪人間壽腰金世上榮子孫無可念產業不能營酒引眼前興詩留身後名閑傾三數酌醉詠十餘聲便是羲皇代先從心太平

新昌閑居招楊郎中兄弟

紗巾角枕病眠翁忙少閑多誰與同但有雙松當砌下更無一事到心中金章紫綬看如夢皂蓋朱輪別似空暑月貧家何所有客來唯贈北窗風

秘省後廳

槐花雨潤新秋地桐葉風翻欲夜天盡日後廳無一事白頭老監枕書眠

松齋偶興

置心思慮外滅跡是非間約俸爲生計隨官換往還耳煩聞
曉角眼醒見秋山賴此松簷下朝迴半日閑

和楊郎中賀楊僕射致仕後楊侍郎門生合宴
席上作

業重關西繼大名恩深闕下遂高情祥鱣降伴趍庭鯉賀
鷰飛和出谷鶯范蠡舟中無子弟疎家席上欠門生可憐玉
樹連桃李從古無如此會榮

松下琴贈客

松寂風初定琴清夜欲闌偶因群動息試撥一聲看寡鶴
當徽怨秋泉應指寒慙君此傾聽本不爲君彈

秋齋

晨起秋齋冷蕭條稱病容清風兩窓竹白露一庭松阮籍謀

身拙嵇康向事慵生涯别有處浩氣在心胷

塗山寺獨遊

野徑行無伴僧房宿有期塗山來去熟唯是馬蹄知

登觀音臺望城

百千家似圍碁局十二街如種菜畦遥認微微入朝火一條星宿五門西

登靈應臺北望

臨高始見人寰小對遠方知色界空迴首却歸朝市去一稊米落太倉中

酬裴相公題興化小池見招長句

爲愛小塘招散客不嫌老監與新詩山公倒載無妨學范蠡扁舟未要追蓬斷偶飄桃李徑鷗驚誤拂鳳凰池敢辭課拙詶高韻一勺爭禁万頃陂

閑行

五十年來思慮熟忙人應未勝閑人林園傲逸真成貴衣食單疎不是貧專掌圖書無過地遍尋山水自由身儻年七十猶強健尚得閑行十五春

閑出

兀兀出門何處去新昌街晚樹陰斜馬蹄知意緣行熟不向楊家即庾家

與僧智如夜話

懶鈍尤知命幽棲漸得朋門閑無謁客室靜有禪僧爐向初冬火籠停半夜燈憂勞緣智巧自喜百無能

憶廬山舊隱及洛下新居

形骸僶俛班行內骨肉勾留俸祿中無奈攀緣隨手長亦知恩愛到頭空草堂久閉廬山下竹院新拋洛水東自是未

能歸去得世間誰要白鬚翁

晚寒

急景流如箭淒風利似刀暝催雞翅斂寒束樹枝高縮水濃和酒加緜厚絮袍可憐冬計畢煖卧醉陶陶

偶眠

放盃書桉上枕臂火爐前老愛尋思事慵多取次眠妻教卸烏帽婢與展青氈便是屏風樣何勞畫古賢

華城西北雉堞最高崔相公首創樓臺錢左丞繼種花果合爲勝境題在雅篇歲暮獨遊悵然成詠 時華州未除刺史

高居稱君子瀟灑四無鄰丞相棟梁久使君桃李新凝情看麗句駐步想清塵况是寒天客樓空無主人

奉使途中戲贈張常侍

早風吹土滿長衢騶騎星軺盡疾駈共笑籃舁亦稱使日馳一驛向東都

有小白馬乘馭多時奉使東行至稠桑驛溘然而斃足可驚傷不能忘情題二十韻

能驟復能馳翩翩白馬兒毛寒一團雪鬃薄萬條絲皂蓋春行日驪駒曉從時雙旌前獨步五馬內偏騎芳草承蹄葉垂楊拂頂枝跨將迎好客惜不換妖姬慢鞚遊蕭寺閑驂醉習池睡來乘作夢興發倚成詩鞭爲馴難下鞍緣穩不離比歸還共到東使亦相隨赭白何曾變玄黃豈得知嘶風聲覺急蹋雪怯行遲昨夜猶芻秣今朝尚縶維臥槽應不起顧主遂長辭塵滅駸駸跡霜留皎皎姿度關形未改過隙影難追念倍燕來駿情深項別騅銀收鈎臆帶金卸絡頭羈何處埋奇骨誰家覓弊帷稠桑驛門外吟罷涕雙垂

題噴玉泉 泉在壽安山下高百餘尺直寫潭中

泉噴聲如玉潭澄色似空練垂青障上珠寫綠盆中瀝滴三秋雨寒生六月風何時此巖下來作濯纓翁

酬皇甫賓客

閑官兼慢使著處易停輪況欲逢新歲仍初見故人冒寒尋到洛待暖始歸秦亦擬同攜手城東略看春

種白蓮

吳中白藕洛中栽莫戀江南花懶開萬里攜歸尔知否紅蕉朱槿不將來

荅蘇庶子

偶作闗東使重陪洛下遊病來從斷酒老去可禁愁款曲偏青眼蹉跎各白頭蓬山閑氣味依約似龍樓

荅尉遲少監水閣重宴

人情依舊歲華新今日重招往日賔雞黍重迴千里駕林園暗換四年春水軒平冩琉璃鏡草岸斜鋪翡翠茵聞道經營費心力忍教成後屬他人時主人欲賣林亭

和劉郎中傷鄂姬

不獨君嗟我亦嗟西風北雪殺南花不知月夜魂歸處鸚鵡洲頭第幾家姬鄂人也

贈東鄰王十三

攜手池邊月開襟竹下風驅愁知酒力破睡見茶功居處東西接年顔老少同能來爲伴否伊上作漁翁

早春同劉郎中寄宣武令狐相公

梁園不到一年強遥想清吟對綠觴更有何人能飲酌新添幾卷好篇章馬頭拂柳時迴轡豹尾穿花暫亞槍誰引相公開口笑不逢白監與劉郎

寄太原李相公

聞道北都今一變政和軍樂萬人安綺羅二八圍賓榻組練三千夾將壇蟬鬢應誇丞相少貂裘不覺太原寒世間大有虛榮貴百歲無君一日歡

雪中寄令狐相公兼呈夢得

兔園春雪梁王會想對金罍詠玉塵今日相如身在此不知客右坐何人

出使在途所騎馬死改乘肩轝將歸長安偶詠旅懷寄太原李相公

驛路崎嶇泥雪寒欲登籃轝一長歎風光不見桃花騎塵土空留杏葉鞍喪乘獨歸殊不易脫驂相贈豈為難并州好馬應無數不怕旌旄試覔看

有雙鶴留在洛中忽見劉郎中依然鳴顧劉因

爲鶴歎二篇寄子子以二絶句荅之

辭鄉遠隔華亭水逐我來棲緱嶺雲慚愧稻粱長不飽未曾迴眼向雞羣

荒草院中池水畔銜恩不去又經春見君驚喜雙迴顧應爲吟聲似主人

宿竇使君莊水亭

使君何在在江東池柳初黃杏欲紅有興即來閑便宿不知誰是主人翁

龍門下作

龍門澗下濯塵嬰擬作閑人過此生筋力不將諸處用登山臨水詠詩行

姚侍御見過戲贈

晚起春寒慵裹頭客來池上偶同遊東臺御史多提舉

莫按金章繫布裘

履道春居

微雨灑園林新晴好一尋低風洗池面斜日拆花心瞑助嵐陰重春添水色深不如陶省事猶抱有絃琴

題洛中第宅

水木誰家宅門高占地寬懸魚掛青甃行馬護朱欄春榭籠烟煖秋庭鏁月寒松膠粘琥珀筠粉撲琅玕試問池臺主多爲將相官終身不曾到唯展宅圖看

寄殷協律 多叙江南舊遊

五歲優遊同過日一朝消散似浮雲琴詩酒伴皆拋我雪月花時最憶君幾度聽雞歌白日亦曾騎馬詠紅裙 予在杭州日有歌云聽唱黃雞与白日又有詩云著紅騎馬是何人 吳娘暮雨蕭蕭曲自別江南更不聞 江南吳二娘曲詞云暮雨蕭蕭郎不歸

洛下諸客就宅相送偶題西亭

几榻臨池坐軒車冒雪過交親致盃酒僮僕解笙歌流歳行將晩浮榮得幾多林泉應問我不住意如何

荅林泉

好住舊林泉迴頭一悵然漸知吾潦倒深愧尒留連欲作棲雲計須營種黍錢更容求一郡不得亦歸田

將發洛中枉令狐相公手札兼辱二篇寵行以長句荅之

尺素忽驚來梓澤雙金不惜送蓬山八行落泊飛雲雨五字鏘鏦動珮環玉韻乍聽堪醒酒銀鈎細讀當披顔収藏便作終身寳何啻三年懷袖閒

臨都驛荅夢得六言二首

楊子津頭月下臨都驛裏燈前昨日老於前日去年春似

今年

謝守歸爲秘監馮公老作郎官前事不須問著新詩且更吟看

喜錢左丞再除華州以詩伸賀

左轄輟中臺門東委上才彤襜經宿到絳帳及春開民望懇難奪天心慈易迴那知不隔歲重借寇恂來

和錢華州題少華清光絶句

高情雅韻三峯守主領清光管白雲自笑亦曾爲刺史蘇州肥膩不如君

送陝府王大夫

金馬門前迴劍珮鐵牛城下擁旌旗他時萬一爲交代留取甘棠三兩枝

代迎春花招劉郎中

幸與松筠相近栽不隨桃李一時開杏園豈敢妨君去未有
花時且看來
翫迎春花贈楊郎中
金英翠蕚帶春寒黃色花中有幾般憑君與向遊人道
莫作蔓菁花眼看
閑出
身外無羈束心中少是非被花留便住逢酒醉方歸人事行
時少官曹入日稀春寒遊正好穩馬薄綿衣
座上贈盧判官
把酒承花花落頻花香酒味相和春莫言不是江南會虛白
亭中舊主人
曲江有感
曲江西岸又春風萬樹花前一老翁遇酒逢花還且醉若

論惆悵事何窮

杏園花下贈劉郎中

怪君把酒偏惆悵曾是貞元花下人自别花來多少事東風二十四迴春

花前有感兼呈崔相公劉郎中

落花如雪鬢如霜醉把花看益自傷少日爲名多撿束長年無興可顛狂四時輪轉春常少百刻支分夜苦長何事同生壬子歲老於崔相及劉郎余與崔劉年同獨早衰白

微之就拜尚書居易續除刑部因書賀意兼詠離懷

我爲憲部入南宮君作尚書鎮浙東老去一時成白首别來七度换春風簪纓假合虚名在筋力銷磨實事空遠地官高親故少些些談笑與誰同

喜與韋左丞同入南省因敘舊以贈之

早年同遇陶鈞主利鈍精麄共在鎔（憲宗朝與韋同入翰林）金劒淬來長透匣鈆刀磨盡不成鋒老肩北省慙非據接武南宮幸再容跛鼈雖遲騏驥疾何妨中路亦相逢

伊州

老去將何散老愁新教小玉唱伊州亦應不得多年聽未教成時已白頭

早朝

鼓動出新昌雞鳴赴建章翩翩穩鞍馬楚楚健衣裳宮漏傳殘夜城陰送早涼月堤槐露氣風燭樺烟香雙闕龍相對千官鴈一行漢庭方尚少慙歎鬢如霜

荅裴相公乞鶴

警露聲音好冲天相皃殊終宜向遼廓不稱在泥塗白首

勞爲伴朱門幸見呼不知疎野性解愛鳳池無

晚從省歸

朝迴北闕值淸晨晚出南宮送暮春入去丞郎非散秩歸來詩酒是閑人猶思泉石多成夢尚歎簪裾未離身終是不如山下去心頭眼底兩無塵

北窗閑坐

虛窗兩叢竹靜室一爐香門外紅塵合城中白日忙無煩尋道士不要學仙方自有延年術心閑歲月長

酬嚴給事 聞玉蘂花下有遊仙絕句

瀛女偷乘鳳去時洞中潛歇弄瓊枝不緣啼鳥春饒舌青鏁仙郎可得知

京路

西來爲看秦山雪東去緣尋洛苑春來去騰騰兩京路閑行

除我更無人

華州西

每逢人靜慵多歇不計程行困即眠上得籃轝未能去春風敷水店門前

從陝至東京

從陝至東京山低路漸平風光四百里車馬十三程花共垂鞭看盃多並轡傾笙歌與談笑隨分自將行

送春

銀花鑿落從君勸金屑琵琶爲我彈不獨送春兼送老更嘗一酌更聽看

宿杜曲花下

覓得花千樹携來酒一壺懶歸兼擬宿未醉豈勞扶但惜春將晚寧愁日漸晡籃轝爲卧舍漆盞是行廚班竹盛茶

櫃紅泥罨飰爐眼前無所闕身外更何須小面琵琶婢蒼頭鬣策奴從君飽富貴曾作此遊無

逢舊

久别偶相逢俱疑是夢中即今歡樂事放盞又成空

繡婦歎

連枝花樣繡羅襦本擬新年餉小姑自覺逢春饒悵望誰能每日趂功夫針頭不解愁眉結線縷難穿淚臉珠雖凭繡牀都不繡同牀繡伴得知無

春詞

低花樹映小粧樓春入眉心兩點愁斜倚欄干背鸚鵡思量何事不迴頭

恨詞

翠黛眉低斂紅珠淚暗銷曾來恨人意不省似今朝

山石榴花十二韻

曄曄復煌煌花中無比方艷天宜小院條短稱低廊本是山頭物今爲砌下芳千叢相向背萬朶互低昂照灼連朱檻玲瓏映粉牆風來添意態日出助晶光漸綻燕脂蕚猶含琴軫房離披亂剪綵班駮未匀粧絳焰燈千炷紅裙妓一行此時逢國色何處覓天香恐合栽金闕思將獻玉皇好差青鳥使封作百花王

送敏中歸豳寧幕

六十衰翁兒女悲傍人應笑尔應知弟兄垂老相逢日杯酒臨歡欲散時前路加飡須努力今宵盡醉莫推辭司徒知我難爲別直過秋歸未訝遲

宴散

小宴追涼散平橋步月迴笙歌歸院落燈火下樓臺殘暑

蟬催盡新秋鴈載來將何迎睡興臨卧舉殘盃

人定

人定月朧明香銷枕簟清翠屏遮燭影紅袖下簾聲坐久吟方罷眠初夢未成誰家敎鸚鵡故故語相驚

池上

嫋嫋涼風動淒淒寒露零蘭衰花始白荷破葉猶青獨立棲沙鶴雙飛照水螢若爲寥落境仍值酒初醒

池窗

池晚蓮芳謝窗秋竹意深更無人作伴唯對一張琴

花酒

香醅淺酌浮如蟻雲鬢新梳薄似蟬爲報洛城花酒道莫辭送老二三年

題崔常侍濟源莊

谷口誰家住雲扃鏁竹泉主人何處去蘿薜換[illegible]籍在金
閨內班排玉宸前誠知憶山水歸得是何年

認春戲呈馮少尹李郎中陳主簿

認得春風先到處西園南面水東頭柳初變後條猶重花未
開前枝已稠暗助醉歡尋綠酒潛添睡興著紅樓知君未別
陽和意直待春深始擬遊

魏堤有懷

魏王堤下水聲似使君灘惆悵迴頭聽踟躕立馬看蕩風波
眼急翻雪浪心寒憶得瞿唐事重吟行路難

柘枝詞

柳暗長廊合花深小院開蒼頭鋪錦褥皓腕捧銀盃繡帽
珠稠綴香衫袖窄裁將軍拄毬杖看按柘枝來

代夢得吟

後來變化三分貴同輩凋零太半無世上爭先從盡上声汝人間鬬在不如吾竿頭已到應難久局勢雖遲未必輸一不見山苗與林葉迎春先綠亦先枯

寄荅周協律 來詩多敘蘇州舊遊

故人敘舊寄新篇惆悵江南到眼前暗想樓臺萬餘里不聞歌吹一周年橋頭誰更看新月池畔猶應泊舊船冣憶後亭杯酒散紅屏風掩綠窗眠

白氏文集卷第二十五

白氏文集卷第二十六

律詩 五言 七言 凡一百首

大和戊申歲大有年詔賜百寮出城觀稼謹書盛事以俟采詩

清晨承詔命豐歲閱田閭膏雨抽苗足涼風吐穗初早禾黄錯落晚稻綠扶踈好入詩家詠宜令史館書散爲萬姓食堆作九年儲莫道如雲稼今秋雲不如

贈悼懷太子挽歌辭二首 奉詔撰進

竹馬書夢歲銅龍表葬時永言窀穸事全用少陽儀壽夭由天命哀榮出聖慈恭聞褒贈詔軫念在與夷

又

剪葉藩封早承華冊命尊笙歌辭洛苑風雪蔽梁園鹵簿凌霜宿銘旌向月翻宮寮不逮事哭送出都門

雨中招張司業宿

過夏衣香潤迎秋簟色鮮斜支花石枕臥詠蘂珠篇泥濘非遊日陰沉好睡天能來同宿否聽雨對牀眠

和集賢劉學士早朝作

吟君昨日早朝詩金御爐前喚仗時煙吐白龍頭宛轉扇開青雉尾參差暫留春殿多稱屈合入綸闈即可知從此摩霄去非晚鬢間未有一莖絲

送陝州王司馬建赴任 建善詩者

陝州司馬去何如養靜資貧兩有餘公事閑忙同少尹料錢多少敵尚書紙攜美酒爲行伴唯作新詩趁下車自有鐵牛無詠者料君投刃必應虛

對琴待月

竹院新晴夜松窗未卧時共琴爲老伴與月有秋期玉軫臨風久金波出霧遲幽音待清景唯是我心知

楊家南亭

小亭門向月斜開滿地涼風滿地苔此院好彈秋思處終須一夜抱琴來

早寒

黃葉聚牆角青苔圍柱根被經霜後薄鏡遇雨來昏半卷寒簷幕斜開煖閤門迎冬兼送老只仰酒盈罇

齋月靜居

病來心靜一無思老去身閑百不為忽忽眼塵猶愛睡些些口業尚誇詩葷腥每斷齋居月香火常親宴坐時萬慮消停百神泰唯應寂寞殺三尸

宿裴相公興化池亭 兼蒙借船舫遊汎

林亭一出宿風塵忘却平津是要津松閣晴看山色近石渠秋放水聲新孫弘閤鬧無閑客傅說舟忙不借人何似掄才濟川外別開池館待交親

和劉郎中望終南山秋雪

遍覽古今集都無秋雪詩陽春先唱後陰嶺未消時草

訝霜凝重松疑鶴散遲淸光莫獨占亦對白雲司

廣府胡尚書頻寄詩因荅絶句

尚書淸白臨南海雖飲貪泉心不回唯向詩中得珠玉時時寄到帝鄉來

送鶴與裴相臨别贈詩

司空愛尒亦須知不信聽吟送鶴詩羽翮勢高寧惜别稻粱恩厚莫愁飢夜棲少共雞爭樹曉浴先饒鳳占池穩上青雲勿迴顧的應勝在白家時

令狐相公拜尚書後有喜從鎮歸朝之作劉郎中先和因以繼之

車騎從新梁苑迴履聲珮響入中臺鳳池望在終重去龍節功成且納來金勒寒宜乘雪出玉觴何必待花開尚書首唱郎中和不計官資只計才

送河南尹馮學士赴任

石渠金谷中間路軒騎翩翩十日程清洛飲冰添苦節碧嵩看雪助高情謾誇河北操旄鉞莫羨江西擁旆旌時新除二鎮節度何似府寮京令外別教三十六峯迎

讀鄂公傳

高卧深居不見人功名斗藪似灰塵唯留一部清商樂月下風前伴老身

賦得烏夜啼

城上歸時晚庭前宿處危月明無葉樹霜滑有風枝啼澁飢喉咽飛低凍翅垂畫堂鸚鵡鳥冷暖不相知

鏡換盃

欲將珠匣青銅鏡換取金樽白玉巵鏡裏老來無避處樽前愁至有消時茶能散悶爲功淺萱縱忘憂得力遲不

似杜康神用速十分一盞便開眉

冬夜聞蟲

蟲聲冬思苦於秋不解愁人聞亦愁我是老翁聽不畏少年莫聽白君頭

雙鸚鵡

綠衣整頓雙棲起紅觜分明對語時始覺琵琶絃莽鹵方知吉了舌參差鄭牛識字吾常歎（諺去鄭玄家牛觸墻成八字）丁鶴能歌尒亦知若稱白家鸚鵡鳥籠中兼合解吟詩

贈朱道士

儀容白晳上仙郎方寸清虛內道場兩翼化生因服藥三尸餓死爲休粮醮壇北向宵占斗寢室東開早納陽盡日窻間更無事唯燒一炷降眞香

昨以拙詩十首寄西川杜相公相公亦以新作十首惠

然報示首數雖等工拙不倫重以一章用伸荅謝

詩家律手在成都權與尋常將相殊剪截五言兼用鉞陶鈞六義别開鑪鞴驚人卷軸須知有隨事文章不道無篇數雖同光價異十魚目換十驪珠

和令狐相公新於郡内栽竹百竿坼壁開軒旦夕對翫偶題七言五韻

梁園脩竹舊傳名久廢年深竹不生千畝荒涼尋未得百竿青翠種新成牆開乍見重添興窓静時聞别有情煙葉蒙籠侵夜色風枝蕭颯欲秋聲更登樓望尤堪重千万人家無一莖（汴州人家並無竹）

重荅汝州李六使君見和憶吳中舊遊五首

爲憶娃宫與虎丘翫君新作不能休蜀牋寫出篇篇好吳調吟時句句愁洛下林園終共住江南風月會重遊（先与李六有此二句之約）由

來事過多堪惜何況蘇州勝汝州李前刺蘇故有是句

見殷堯藩侍御憶江南詩三十首詩中多敘蘇杭勝事余嘗典二郡因繼和之

江南名郡數蘇杭寫在殷家三十章君是旅人猶苦憶我爲刺史更難忘境牽吟詠真詩國興入笙歌好醉鄉爲念舊遊終一去扁舟直擬到滄浪

聞新蟬贈劉二十八

蟬發一聲時槐花帶兩枝只應催我老兼遣報君知白髮生頭速青雲入手遲無過一盃酒相勸數開眉

贈王山人

玉芝觀裏王居士服氣飡霞善養身夜後不聞龜喘息秋來唯長鶴精神容顏盡恠長如故名姓多疑不是真貴重榮華輕壽命知君悶見世間人

和劉郎中學士題集賢閣

朱閣青山高庳齊與君才子作詩題傍聞大内笙歌近下視
諸司屋舍低萬卷圖書天禄上一條風景月華西欲知丞相優
賢意百步新廊不蹋泥

觀幻

有起皆因滅無睽不暫同從歡終作慼轉苦又成空次第花生
眼須臾燭過風更無尋覓處鳥跡印空中

病假中龐少尹攜魚酒相過

宦情牢落年將暮病假聯緜日漸深被老相催雖白首與春
無分未甘心閑停茶椀從容語醉把花枝取次吟勞動故人
龐閣老提魚攜酒遠相尋

聽田順兒歌

戛玉敲冰聲未停嫌雲不遏入青冥爭得黃金滿衫袖一時

抛與斷年聽

聽曹剛琵琶兼示重蓮

撥撥絃絃意不同胡啼番語兩玲瓏誰能截得曹剛手插向重蓮衣袖中

酬令狐相公春日尋花見寄 六韻

病臥帝王州花時不得遊老應隨日至春肯為人留粉壞杏將謝火繁桃尚穠白飃僧院地紅落酒家樓空裏雪相似晚來風不休吟君悵望句如到曲江頭

和劉郎中曲江春望見示

芳景多遊客衰翁獨在家肺傷妨飲酒眼痛忌看花寺路隨江曲宮牆夾樹斜羨君猶壯健不枉度年華

送東都留守令狐尚書赴任

翠華黃屋未東巡碧洛青嵩付大臣地稱高情多水竹山

宜閑望少風塵龍門即擬爲遊客金谷先憑作主人歌酒家家花處處莫空管領上陽春

自題新昌居止因招楊郎中小飲

地偏坊遠巷仍斜最近東頭是白家宿雨長齊鄰舍柳晴光照出夾城花春風小榼三升酒寒食深爐一椀茶能到南園同醉否笙歌隨分有些些

南園試小樂

小園斑駮花初發新樂錚摐教欲成紅蕚紫房皆手植蒼頭碧玉盡家生高調管色吹銀字慢拽歌詞唱渭城不飲一盃聽一曲將何安慰老心情

和微之春日投簡陽明洞天五十韻

青陽行已半白日坐將徂越國強仍大稽城高且孤利饒鹽煑海名勝水澄湖牛斗天垂象台明地展圖天台四明二山環奇填

市井佳麗溢閭閻勾踐遺風霸西施舊俗姝舡頭龍夭矯
橋脚獸睢盱鄉味珎彭越時鮮貴鷓鴣語言諸夏異衣服一
方殊搗練蛾眉婢鳴桹娃角奴江清敵伊洛山翠勝荆巫
華表雙棲鶴聯檣幾點烏煙波分渡口雲樹接城隅澗遠
松如畫洲平水似鋪綠科秧早稻紫笋折新蘆暖蹋泥中藕
香尋石上蒲雨來萌盡達雷後蟄全蘇柳眼黃絲纇花房
絳蠟珠林風新竹折野燒老桑枯帶䩞長枝蕙錢穿短貫
榆暄和生野菜卑濕長街蕪女浣紗相伴兒烹鯉一呼山魈啼
稚子林狖挂山都產業論蠶蟻孳生計鴨雛泉巖雪飄灑
苔壁錦漫糊堰限舟航路堤通車馬途耶溪岸迴合禹廟
徑盤紆洞穴何因鑿星槎誰與刳石凹仙藥臼峯峭佛香
爐去爲投金簡來因挈玉壺貴仍招客宿健未要人扶問望
賢丞相儀形美丈夫前驅駐旌旆偏坐列笙竽刺史旟翻隼

尚書履曳鳧學禪超後有觀妙造虛无髻裏傳僧寶環中
得道樞登樓詩八詠置硯賦三都捧擁羅將綺趨蹌紫與朱
廟謀藏稷卨兵略貯孫吳令下三軍整風高四海趨千家得
慈母六郡事嚴姑重士過三哺輕才抵一銖送觥罰宛轉
嘲妓笑盧胡佐飲時炮鼈蠲醒數鱠鱸醉鄉雖咫尺樂
事亦須臾若不中賢聖何由外智愚伊予一生志我尔百年軀
江上三千里城中十二衢出多無伴侶歸只對妻孥白首青山
約抽身去得無

酬鄭侍御多雨春空過詩三十韻次用本韻

南雨來多滯東風動即狂月行離畢急龍走召雲忙晃轉雷
車響虵騰電策光侵淫天似漏沮洳地成瘡慘澹陰烟白空
濛宿霧黃闇遮千里目悶結九迴腸寂寞羈孤館深沉思婦
房鏡昏鸞滅影衣潤麝消香蘭濕難紉珮花凋易落粧

沾黃鸎翅重滋綠草心長紫陌皆泥濘黃污共淼茫恐霖
成性沴壁靈齊劇禎祥楚柳腰肢嚲湘筠涕淚滂晝昏疑是
今盛勝於陽居士巾皆墊行人蓋盡張跳蛙還屢出移蟻
欲深藏端坐交遊廢闕行去步妨愁生垂白叟惱殺躡青娘
變海常須慮爲魚慎勿忘此時方共懼何處可相將（此已下敘浙東政事）已
望東溟禱仍封北户禳卻恩逢旱魃誰喜見商羊預怕爲蠶
病先憂作麥霜惠應施浹洽政豈假歙揚祀典脩咸秩農書
振滿牀丹誠期懇苦白日會昭彰賑廩賙飢戶苦城備壞牆
且當營歲事寧暇惜年芳德勝令災弭人安在吏良尚書意
若此不枉繫金章

和春深二十首

何處春深好春深富貴家馬爲中路鳥妓作後庭花羅綺駈
論隊金銀用斷車眼前何所苦唯苦日西斜

又

何處春深好春深貧賤家荒涼三逕草冷落四鄰花奴困歸傭力妻愁出賃車途窮平路險舉足劇褒斜

又

何處春深好春深執政家鳳池添硯水雞樹落衣花詔借當衢宅恩容上殿車延英開對久門與日西斜

又

何處春深好春深方鎮家通犀排帶胯瑞鶻勘袍花飛絮衝毬馬垂楊拂妓車戎裝拜春設左握寶刀斜

又

何處春深好春深刺史家陰繁棠布葉岐秀麥分花五疋鳴珂馬雙輪畫軾車和風引行樂葉葉隼旟斜

何處春深好春深學士家鳳書裁五色馬鬣翦三花蠟炬開明火銀臺賜物車相逢不敢揖彼此帽低斜

又

何處春深好春深女學家慣看温室樹飽識浴堂花御印提隨仗香牋把下車宋家宮樣髻一片緑雲斜

又

何處春深好春深御史家絮縈驄馬尾蝶繞繡衣花破柱行持斧埋輪立駐車入班遙認得魚貫一行斜

又

何處春深好春深遷客家一杯寒食酒萬里故園花炎瘴蒸如火光陰走似車爲憂鵩鳥至只恐日光斜

又

何處春深好春深經業家唯求太常第不管曲江花折桂

名慙郄收鑾志慕車官場涅鋪處寂怕寸陰斜

又

何處春深好春深隱士家野衣裁薜葉山飯曬松花蘭索紉幽珮蒲輪駐軟車林間箕踞坐白眼向人斜

又

何處春深好春深漁父家松灣隨棹月桃浦落船花投餌移輕檝牽輪轉小車蕭蕭蘆葉裏風起釣絲斜

又

何處春深好春深潮戶家濤翻三月雪浪噴四時花曳練馳千馬驚雷走萬車餘波落何處江轉富陽斜

又

何處春深好春深痛飲家十分盃裏物五色眼前花鋪歠眠糟甕流涎見麴車杜甫詩去路見麴車口流涎中山一沉醉千度日西斜

又

何處春深好春深上巳家蘭亭席上酒曲洛岸邊花弄水游童棹湔裙小婦車齊橈爭渡處一匹錦標斜

又

何處春深好春深寒食家玲瓏鏤雞子宛轉綵毬花碧草追遊騎紅塵拜掃車鞦韆細腰女搖曳逐風斜

又

何處春深好春深博弈家一先爭破眼六聚鬬成花鼓應投壺馬兵衝象戲車彈棊局上事最妙是長斜

又

何處春深好春深嫁女家紫排襦上雉黃帖鬢邊花轉燭初移障鳴環欲上車青衣傳去氊褥錦繡一條斜

又

何處春深好春深娶婦家兩行籠裏燭一樹扇間花賓拜登
青廬親迎障幰車催粧詩未了星斗漸傾斜

又

何處春深好春深妓女家眉欺楊柳葉裙妬石榴花蘭麝
熏行被金鈿釵坐車楊州蘇小小人道最夭（伊耶反）斜

詠家醞十韻

獨醒從古笑靈均長醉如今斅伯倫舊法依稀傳自杜（杜康）新
方要妙得於陳（陳郎中岵傳受此法）井泉王相資重九麴蘗精靈用上寅
（水用九月九日麴用七日上寅）釀糯豈勞吹范黍撇篘何假漉陶巾常嫌竹葉猶
凡濁始覺榴花不正真甕揭閒時香酷烈缾封貯後味甘辛
捧疑明水從空化飲似陽和滿腹春色洞玉壺無表裏光搖
金盞有精神能銷忙事成閑事轉得憂人作樂人應是世間
賢聖物與君還往擬終身

池鶴二首

高竹籠前無伴侶，亂雞群裏有風標。低頭乍恐丹砂落，曬翅常疑白雪銷。轉覺鸕鷀毛色下，苦嫌鸚鵡語聲嬌。臨風一唳思何事，悵望青田雲水遥。

池中此鶴鶴中稀，恐是遼東老令威。帶雪松枝翹膝脛，放花菱片綴毛衣。低徊且向籠間宿，奮迅終須天外飛。若問故巢知處在，主人相戀未能歸。

對酒五首

巧拙賢愚相是非，何如一醉盡忘機。君知天地中寬窄，鵰鶚鸞凰各自飛。

蝸牛角上爭何事，石火光中寄此身。隨富隨貧且歡樂，不開口笑是癡人。

丹砂見火去無迹，白髮泥人來不休。賴有酒仙相煖熱，松喬

醉即到前頭

百歲無多時壯健一春能幾日晴明相逢且莫推辭醉聽唱楊關第四聲（第四声勸君更盡一盃酒西出楊關無故人）

昨日低眉問疾來今朝收淚弔人迴眼前流例君看取且遣琵琶送一杯

僧院花

欲悟色空爲佛事故栽芳樹在僧家細看便是華嚴偈方便風開智慧花

老戒

我有白頭戒聞於韓侍郎老多憂活計病更戀班行矍鑠誇身健周遮說話長不知吾免否兩鬢已成霜

洛橋寒食日作十韻

上苑風烟好中橋道路平蹴毬塵不起潑火雨新晴宿醉頭

仍重晨遊眼乍明老慵雖省事春誘尚多情過容踟蹰立

尋花取次行連錢嚼金勒鑿落寫銀甖府醖傷敎送官娃

豈要迎舞腰那及柳歌舌不如鸎鄉國眞堪戀光陰可合輕

三年寒食盡在洛陽城

快活

可惜鸎嗁花落處一壺濁酒送殘春可憐月好風涼夜一部

清商伴老身飽食安眠消日月閑談冷笑接交親誰知將相

王侯外別有優游快活人

送令狐相公赴太原

六纛雙旌萬鐵衣并汾舊路滿光輝青衫書記何年去紅

旆將軍昨日歸（藩鎮例駐紅旆）詩作馬蹄隨筆走獵酣鷹翅伴觥

飛北都莫作多時計再爲蒼生入紫微

不出

簷前新葉覆殘花席上餘盃對早茶好是老身銷日處誰能騎馬傍人家

惜落花

夜來風雨急無復舊花林枝上三分落園中一寸深日斜啼鳥思春盡老人心莫恠添杯飲情多酒不禁

老病

晝聽笙歌夜醉眠若非月下即花前如今老病須知分不負春來二十年

憶晦叔

遊山弄水擕詩卷看月尋花把酒盃六事盡思君作伴幾時歸到洛陽來

送徐州高僕射赴鎮

大紅旆引碧幢旌新拜將軍指點行戰將易求何足貴書

生難得始堪榮離筵歌舞花叢散候騎刀槍雪隊迎應笑
蹉跎白頭尹風塵唯管洛陽城

琴酒

耳根得所琴初暢心地忘機酒半酣若使啓期兼解醉應言
四樂不言三

聽幽蘭

琴中古曲是幽蘭為我殷勤更弄看欲得身心俱靜好自
彈不及聽人彈

六年秋重題白蓮

素房含露玉冠鮮紺葉搖風鈿扇圓本是吳州供進藕今
為伊水寄生蓮移根到此三千里結子經今六七年不獨池中
花故舊兼乘舊日採花舩

元相公挽歌詞三首

銘旌官重威儀盛騎吹聲繁鹵簿長後魏帝孫唐宰相六年七月葬咸陽

墓門已閉笳簫去唯有夫人哭不休蒼蒼露草咸陽壠此是千秋第一秋

送葬万人皆慘澹反虞駟馬亦悲鳴琴書劒珮誰收拾三歲遺孤新學行

卧聽法曲霓裳

金磬玉笙和已久牙牀角枕睡常遲朦朧閑夢初成後宛轉柔聲入破時樂可理心應不謬酒能陶性信無疑起嘗殘酌聽餘曲斜背銀缸半下帷

結之

歡愛今何在悲啼亦是空同爲一夜夢共過十年中

五鳳樓晚望 六年八月十日作

晴陽晚照濕煙銷，五鳳樓高天泬寥。野綠全經朝雨洗，林紅半被暮雲燒。龍門翠黛眉相對，伊水黃金線一條。自入秋來風景好，就中冣好是今朝。

寄劉蘇州

去年八月哭微之，今年八月哭敦詩。何堪老淚交流日，多是秋風搖落時。泣罷幾迴深自念，情來一倍苦相思。同年同病同心事，除却蘇州更是誰。

送客

病上籃輿相送來，衰容秋思兩悠哉。涼風嫋嫋吹槐子，却請行人勸一盃。

秋思

夕照紅於燒，晴空碧勝藍。獸形雲不一，弓勢月初三。鴈思來天北，砧愁滿水南。蕭條秋氣味，未老已深諳。

酬夢得秋夕不寐見寄

碧簟絳紗帳夜涼風景清病聞和藥氣渴聽碾茶聲露竹偷燈影煙松護月明何言千里隔秋思一時生

題周家歌者

清緊如敲玉深圓似轉簧一聲腸一斷能有幾多腸

憶夢得（夢得能唱竹枝聽者愁絕）

齒髮各蹉跎疎慵與病和愛花心在否見酒興如何年長風情少官高俗慮多幾時紅燭下聞唱竹枝歌

贈同座

春黛雙蛾嫩秋蓬兩鬢侵謀歡身太晚恨老意弥深薄解燈前舞尤能酒後吟花叢便不入猶自未甘心

失婢

宅院小墻庳坊門帖牓遲舊恩慙自薄前事悔難追籠鳥

無常主風花不戀枝今宵在何處唯有月明知

夜招晦叔

庭草留霜池結冰黃昏鐘絕凍雲凝碧醴帳上正飄雪紅火爐前初炷燈高調秦箏一兩弄小花蠻榼二三升爲君更奏湘神曲夜就儂來能不能

戲荅皇甫監 (時皇甫監初喪偶)

寒宵勸酒君須飲君是孤眠七十身莫道非人身不煖十分一盞煖於人

和楊師皐傷小姬英英

自從嬌騃一相依共見楊花七度飛玳瑁牀空收枕席琵琶絃斷倚屏幃人間有夢何曾入泉下無家豈是歸墳上少啼留取淚明年寒食更沾衣

池邊即事

氈帳胡琴出塞曲蘭塘越棹弄潮聲何言此處同風月蘄北江南萬里情

聞樂感鄰

老去親朋零落盡秋來絃管感傷多尚書宅畔悲鄰笛庭尉門前歎雀羅（東鄰王大理去冬亡南鄰崔尚書今秋薨逝）綠綺窗空分妓女絳紗帳捲罷笙歌歡娛未足身先去爭奈書生薄命何

白氏文集卷第二十六